십이야

십이야

윌리엄 셰익스피어 최종철 옮김

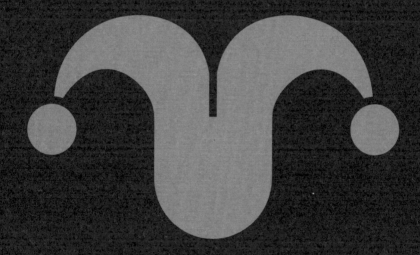

민음사

차례

십이야

007

일러두기

1 번역에 사용한 저본 및 참고본은 작품 해설에 밝혀 두었다.

2 고유명사의 표기는 국립 국어원의 외래어 표기법을 따르되 이미 굳어져
  널리 쓰이는 표기 등은 예외를 두었다.

3 원문에서 의도적으로 어법에 맞지 않게 쓴 표현은 그대로 살려 번역하거나
  일부 방언을 사용했고 대부분 각주로 표시했다.

4 독자의 편의를 위해 대사의 행수를 5행 단위로 표기했으며, 이는 원문의
  길이와 전체적으로는 거의 같지만 완벽하게 일치하지는 않는다.
  한 행이 계단식 배열로 표시된 것은 1) 한 인물이 같은 행을 나누어
  말하거나 2) 둘 이상의 인물이 같은 행을 나누어 말하는 경우다.

5 막 구분 없이 장면의 연속으로만 진행되던 셰익스피어 당시 공연 관행을
  반영하기 위해 막과 장의 숫자만 명기하고 장소는 각주에서 설명했다.

6 부록에 수록한 원문은 구텐베르크 프로젝트 웹사이트에서 가져왔다.

등장인물

비올라	난파한 뒤 세자리오로 변장하는 아가씨
선장	파선 뒤에 비올라를 돕는 사람
세바스티안	난파한 비올라의 쌍둥이 오빠
안토니오	세바스티안을 돕는 다른 선장
오르시노	일리리아 공작
큐리오	
밸런타인	공작을 시중드는 신사들
두 군관	
올리비아	여백작
마리아	올리비아의 시녀
토비 트림 경	올리비아의 친척
앤드루 학질 경	토비 경의 친구
말볼리오	올리비아의 집사
페스테	광대, 올리비아의 재담꾼
파비안	올리비아의 집안 식구
신부	
하인	올리비아 집안 소속

악사, 귀족, 뱃사람, 시종들

장소	일리리아 및 아드리아 해안의 다른 나라

1막 1장

음악. 일리리아 공작 오르시노, 큐리오 및

다른 귀족들 등장.

오르시노 사랑이 음악 먹고 자란다면 연주하라.

     넘치도록 들려줘라, 그래서 물리면

     그 욕구는 병들어 죽어 없어지리라.

     그 선율을 반복해 봐, 뚝 떨어지던데.

     오, 그것은 제비꽃 강둑 위를 스치는   5

     달콤한 남풍처럼 향기를 훔쳐 와

     내 귓전에 뿌리며 들어왔다. 됐다, 그만.

     지금은 앞서만큼 달콤하지 않구나. (음악이 멈춘다.)

     오, 애정이여, 넌 얼마나 빠르고 기운찬가.

     그래서 용량이 적어 보이는데도   10

     바다처럼 받아들이는구나. 제아무리

     가치 있고 고귀한 것들일지라도

     그 안에 들어가면 순식간에 줄어들고

     값이 뚝 떨어진다. 오로지 연정만이

     강렬한 상상이 빚어낸 형상으로 넘친다.   15

큐리오   각하, 사냥하시렵니까?

오르시노   뭘, 큐리오?

큐리오   수사슴요.

1막 1장 장소
공작의 궁정.

오르시노	이미 하고 있는데, 내게 가장 귀한 놈을.
	오, 내 눈이 올리비아 맨 처음 봤을 때
	그녀는 공기 중의 역병을 정화한 것 같았지.
	그 순간 난 한 마리 수사슴이 되었고 20
	그 뒤로 내 욕망은 잔혹한 사냥개들처럼
	계속 나를 쫓아와.
	(밸런타인 등장.)
	그래, 그녀가 준 소식은?
밸런타인	죄송하나 공작님, 저는 못 들어갔지만
	하녀를 통하여 이런 답을 내리셨습니다.
	하늘조차 칠 년의 더위가 지나갈 때까지 25
	그녀의 얼굴을 넉넉히 보지 못할 것이며
	자신도 수녀처럼 너울 쓰고 걸으면서
	눈에 나쁜 짠물로 자기 방 곳곳을 하루 한 번
	적실 거라 하십니다. 그런데 이 모두가
	죽은 오빠 사랑을 오랫동안 신선하게 30
	슬픈 기억 속에서 간직하기 위해서랍니다.
오르시노	아, 오빠에게 사랑 빚을 갚는 것뿐인데도
	이렇게 훌륭한 마음씨를 보이는 그녀가
	자기 안에 들어 있는 다른 모든 감정들이
	황금 촉 화살 맞아 죽어 없어질 때면 35
	어떻게 사랑할까 — 군주들의 옥좌 같은
	간과 뇌와 심장과, 또 그녀의 완벽한 자질까지
	모두 다 같은 왕의 차지가 됐을 때 말이다!

20~22행 그 ... 쫓아와
오르시노의 비유는 그리스 신화에 나오는
사냥꾼 악타이온을 언급하고 있는데,
그는 디아나가 나체로 목욕하는 것을
훔쳐보다가 그녀에 의해 사슴으로 변했고

자기 사냥개들에게 물려 죽었다.
35행 황금 ... 화살
큐피드는 사랑을 일으키는 금촉 화살과 그
반대의 효과를 가진 납촉 화살을 가지고
다닌다.

십이야

감미로운 꽃 침대로 나를 앞서 인도하라.

연정은 쉼터 그늘 아래에서 풍부해지니까.　　(퇴장)　40

1막 2장

비올라, 선장 및 뱃사람들 등장.

비올라　　친구들, 이 나라는?

선장　　　　　　　　일리리아랍니다, 아가씨.

비올라　　일리리아 이곳에서 내가 뭘 해야지?

　　　　　오빠는 천리만리 하늘에 가 있는데.

　　　　　우연히 안 빠져 죽었겠지. 사공들의 생각은?

선장　　　아가씨는 우연히 구조되셨습니다.　　　　　　5

비올라　　불쌍한 오빠! 또한 그리됐을 수도 있지.

선장　　　맞습니다, 아가씨. 우연이 위로가 된다면

　　　　　확신시켜 드리건대, 우리 배가 깨진 뒤

　　　　　아가씨와 또 함께 구조된 몇 안 되는 사람이

　　　　　떠돌던 우리 쪽배 잡았을 때 봤습니다.　　　10

　　　　　위기에 아주 잘 대비한 아가씨의 오빠가 ―

　　　　　용기와 희망으로 실천 방법 배워서 ―

　　　　　바다에 뜬 큰 돛대에 자신을 묶은 다음

　　　　　돌고래 등에 오른 아리온 시인처럼

　　　　　파도와 벗하는 걸 제 눈에서 사라지는　　　15

37행 간 ... 심장
초기 근대의 체액 이론(핵심은 갈레노스의
것)에 따르면 간은 열정, 뇌는 생각 그리고
심장은 감정의 소재지(옥좌)이다. (아든)

1막 2장
장소 해안.
1행 일리리아
아드리아해 동쪽에 있는 나라. 지금의
크로아티아. (RSC)

11

그때까지 봤습니다.

비올라   그리 말한 대가로, 금화다.
나 자신이 피했으니 그도 그리했으리란
희망이 보인다. — 네 말이 거기에
권위를 더하니까. — 이 나라를 아느냐?

선장   예 아가씨, 잘 알지요. 제가 나서 자란 데가   20
바로 여기 이곳에서 세 시간도 안 됩니다.

비올라   이곳을 다스리는 사람은?

선장   이름처럼
사람 또한 고귀한 공작이요.

비올라   그분의 이름은?

선장   오르시노랍니다.

비올라   오르시노. 아버지가 부르실 때 들었어.   25
그때는 총각이었는데.

선장   지금도 그렇지요, 아니면 아주 최근까지도.
제가 여길 떠났던 한 달 전만 하더라도
고운 올리비아의 사랑을 구한다는 —
아시듯이 높은 분들 하는 일을 밑에서   30
재잘거리는지라 — 새 소문이 있었으니까요.

비올라   그 여자는 누군데?

선장   정숙한 처녀로서 열두 달 전쯤에 세상 떠난
한 백작의 딸인데, 그 아들인 오빠가
보호하고 있다가 그 또한 곧 죽었고   35

14행 아리온
반전설적인 그리스 시인으로 선원들이 자기
물건을 강탈하고 죽이려 하자 리라 반주로
노래를 불러 돌고래 한 마리를 불러낸 다음
자기를 안전하게 코린트섬으로 데려가도록
하였다. (아든)

22~23행 이름처럼 ... 공작이요
오르시노는 고귀한 이탈리아 가문
출신이어서 고귀하고, 또한 그 이름이
이탈리아어로 '작은 곰'이라는
뜻이어서(오르시노 가문에서는 이를
고귀한 짐승으로 여긴다.) 고귀하다. (아든)

그녀는 그에 대한 지극한 사랑으로
남자들과 모임이나 만남을 사람들 말로는
단절했답니다.

비올라 　　　　　아, 내가 그 아씨를 시중들며
내 신분이 무엇인지 — 나만의 기회가
무르익을 때까지 — 세상에 드러내지　　　　　40
않으면 좋을 텐데.

선장 　　　　　이루기 어려운 일입니다.
그녀는 어떤 청도 안 받아들이니까요,
예, 공작의 청까지도.

비올라 　선장의 행동에는 고운 티가 나니까
조물주가 때때로 아름다운 벽으로　　　　　45
오물을 감싸지만, 그래도 너만은
이 고운 겉모습에 어울리는 마음을
가지고 있다고 난 믿을 것이네.
부탁인데 — 그리고 후하게 갚아 줄 테니까 —
내 정체를 감춰 주고 의도하는 내 모습에　　　　　50
어쩌면 어울릴지 모르는 변장을 하는 데
도움이 돼 주게. 난 공작을 섬기려 해.
네가 나를 그에게 환관으로 소개하면
애쓴 보람 있을 거야. 난 노래와 얘기를
갖가지 음악 따라 해 줄 수 있는데　　　　　55
그럼 그는 내 봉사를 가치 있다 여길 거야.
그 밖의 일들은 시간에 맞길 테니
내 계획에 맞추어 침묵만 지켜 주게.

선장 　아가씨가 환관 되면 전 벙어리 종 되지요.
제 혀가 까불면 제 눈을 못 보게 하십시오.　　　　　60

비올라 　고맙네. 앞장서게. 　　　　　(함께 퇴장)

13

1막 3장

토비 경	이런 제장, 질녀는 자기 오빠의 죽음을 왜 이렇게 받아들이지? 근심으로 명이 줄 게 뻔한데.
마리아	참말로 토비 경, 밤에는 좀 더 일찍 들어오셔야 해요. 경의 친척, 아씨께서 당신이 시간을 안 지킨 다고 불평이 이만저만이 아니세요.
토비 경	뭐야, 이만저만 이전에 그만하라지.
마리아	예, 하지만 적절한 행동 범위를 벗어나진 마셔야지요.
토비 경	벗어나? 난 지금 이 상태에서 조금도 벗어나지 않을 거야. 이 옷은 마시는 데 그만이고 이 장화도 마찬가 지야. 만약 그렇지 않다면 저절로 터져 버리라지.
마리아	그렇게 벌컥벌컥 마시다가는 망가질 거예요. 아씨께 서 어제 그런 얘기 하시는 걸 들었어요, 또 당신이 어느 날 밤 그녀의 구혼자로 여기 데려온 그 바보 같은 기사 얘기도요.
토비 경	누구? 앤드루 학질 경 말이야?
마리아	예, 그이요.
토비 경	그는 여느 일리리아 남자만큼 큰사람이야.
마리아	그게 무슨 상관이에요?
토비 경	뭐야, 한 해 수입이 삼천 다카트인데.
마리아	예, 하지만 그 모든 다카트도 일 년밖에 못 갈걸요. 그인 진짜 바보에다 헤픈 이예요.
토비 경	원, 자네가 그렇게 말하다니! 그는 비올라 다 감바

5

10

15

20

1막 3장 장소
올리비아의 저택.

19행 다카트
약 9실링의 가치가 있는 금화. (아든)

를 연주하고 서너 가지 언어를 책 없이도 또박또박
말할뿐더러 하늘이 주신 선물을 다 가졌어.

마리아   정말 다 가졌어요, 거의 천치같이. 그이는 바보인 데   25
다 대단한 싸움꾼이기 때문이죠. 근데 그이가 자신
의 싸움 취미를 줄여 주는 겁쟁이란 선물을 받지 않
았더라면, 사려 깊은 이들은 그가 눈 깜짝할 사이에
무덤이란 선물을 받았을 거라고 생각한답니다.

토비 경   이 손에 맹세코 그렇게 말하는 자들은 불한당, 험담   30
꾼들이야. 그게 누군데?

마리아   누구긴요, 그이가 밤마다 당신과 함께 마신다는 말
까지 덧붙이는 이들이죠.

토비 경   질녀에게 건배하느라고 그랬지. 난 그녀를 기리며 마
실 거야, 내 목에 구멍이 있고 일리리아에 술이 있을   35
때까지. 내 질녀를 기리며 자기 머리가 교구 팽이처
럼 팽팽 돌 때까지 술을 마시지 않는 자는 겁쟁이에
다 잡것이야.

(앤드루 학질 경 등장.)

허, 이 여자야, 호랑이도 제 말 하면 온다더니 앤드루
학질 경이야.   40

앤드루 경   토비 트림 경! 안녕하세요, 토비 트림 경?

토비 경   친절한 앤드루 경.

앤드루 경   (마리아에게) 복 받아요, 귀여운 땡삐.

마리아   나리께서도.

토비 경   접근, 앤드루 경, 접근.   45

앤드루 경   그게 뭔데요?

토비 경   질녀의 시녀요.

앤드루 경   친절한 접근 아가씨, 잘 알고 지냈으면 합니다.

마리아   제 이름은 마리아랍니다.

| 앤드루 경 | 친절한 마리아 접근 아가씨. | 50 |

토비 경 잘못 알았어요, 기사 양반. '접근'이란 그녀와 맞부
딪혀 올라타고 구애하고 공격하는 거랍니다.

앤드루 경 맹세코 사람들 앞에서 그녀를 주무르고 싶진 않소
이다. 그게 '접근'의 의미란 말이오?

마리아 안녕히 계세요. 55

토비 경 이렇게 떠나게 한다면, 앤드루 경, 당신이 다시는 칼
뽑는 신사가 아니었으면 좋겠소.

앤드루 경 이렇게 떠난다면, 아가씨, 난 다시는 칼 뽑는 신사가
아니었으면 합니다. 고운 아가씨, 당신은 바보들을
손에 넣었다고 생각해요? 60

마리아 나리와 손도 잡지 않았는데요.

앤드루 경 아 참, 하지만 잡게 될 거요, 내 손 여기 있어요.

마리아 (그의 손을 잡는다.) 그럼 나리, 생각대로 되셨네요.
청컨대 손을 주방으로 가져가 마시라고 하시죠.
(그의 손을 자신의 가슴으로 가져간다.)

앤드루 경 왜요, 자기? 그게 무슨 비유지요? 65

마리아 메마른 거요.

앤드루 경 허, 그런 것 같네요. 난 내 손을 적실 만큼 바보는
아니오. 하지만 그게 무슨 농담이죠?

마리아 메마른 농담이에요.

앤드루 경 그런 거 잔뜩 갖고 있나요? 70

마리아 예, 나리, 손가락 끝에 주렁주렁요. (그의 손을 놓는
다.) 어머, 이제 당신 손을 놓으니까 씨가 말랐네요.
(마리아 퇴장)

토비 경 오, 기사여, 그대는 포도주 한 잔이 모자라오. 이렇
게 풀 죽은 그대를 내가 본 적 있었소?

앤드루 경 당신 생전엔 절대 없었던 것 같네요, 포도주로 풀 죽 75

은 나를 봤다면 모를까. 내 생각에 때론 내 머리가 기독교인이나 보통 사람보다 더 좋은 것 같진 않아요. 하지만 난 소고기를 엄청 먹는데 그 때문에 머리가 나빠졌다고 믿어요.

토비 경 틀림없소. 80

앤드루 경 그런 생각을 했더라면 끊었을 텐데. 난 내일 집으로 갈 거요, 토비 경.

토비 경 푸르콰, 친애하는 기사여?

앤드루 경 '푸르콰'가 뭡니까? 가요, 말아요? 내가 말 배우는데 바쳤던 시간을 칼싸움과 춤과 곰 놀리기에 바쳤 85 더라면 좋겠어요. 오, 내가 오로지 공부만 했더라면.

토비 경 그랬다면 빼어난 머리칼을 가졌을 거요.

앤드루 경 저런, 그랬으면 내 머리칼이 나아졌겠소?

토비 경 물어볼 필요도 없지요, 보다시피 그게 원래 텁수룩하진 않았을 테니까. 90

앤드루 경 하지만 내겐 썩 잘 어울리는데, 안 그래요?

토비 경 빼어나죠. 실패 막대에 아마처럼 걸렸으니까. 그래서 난 어떤 계집이 당신을 가랑이 사이에 집어넣고 그걸 확 돌려 뽑는 걸 봤으면 하오.

앤드루 경 정말 난 내일 집으로 갈 거요, 토비 경. 당신 질녀는 95 날 보려 하지도 않고 본다 해도 넷에 하나는 날 원치 않을 거요. 여기 바로 곁에 있는 백작이 몸소 그녀에게 구애해요.

토비 경 그녀는 백작 따윈 원치 않소. 재산이나 나이나 지능이 높은 쪽과는 혼인하지 않을 거란 말이오. ─ 그 100

83행 푸르콰
Pourquoi. '뭣 때문에'라는 뜻의 프랑스어.

85행 곰 놀리기
적당한 길이의 목줄로 말뚝에 묶어 놓은 곰을 사냥개들이 공격하는 것을 보며 즐기던 놀이.

	런 맹세를 들었소. 쳇, 아직 희망이 있다니까, 이 사람아.
앤드루 경	한 달 더 머물겠소. 난 세상에서 가장 이상한 마음을 가진 친구요. 때로는 가면극과 잔치를 한꺼번에 즐겨요.
토비 경	기사가 이런 잡기에 재주가 있단 말이오?
앤드루 경	그 어떤 일리리아 남자만큼 있지요, 그게 누구든 내 윗사람보다 낮은 지위라면. 그래도 노인과 비교는 안 됩니다.
토비 경	빠른 춤에서 기사가 뛰어난 점은 무엇이오?
앤드루 경	참말로, 난 높이 뛸 수 있어요.
토비 경	그럼 난 날 수 있지요.
앤드루 경	그리고 뒤로 하는 재주도 단연코 그 어떤 일리리아 남자만큼 많다고 생각해요. (춤춘다.)
토비 경	왜 이런 게 감춰졌지요? 왜 이런 재능 앞에 막이 쳐져 있답니까? 몰 부인의 초상화처럼 먼지나 쌓이라고? 왜 당신은 빠른 춤을 추면서 교회로 갔다가 뛰는 춤을 추면서 집으로 못 돌아오지요? 바로 내 발걸음도 삼박자 춤이 돼야겠소. 난 오박자 춤 자세가 아니면 오줌도 누지 않겠소. 당신은 어쩔 작정이오? 이게 미덕을 감춰야 할 세상이오? 빼어난 그 다리 생김새로 봐서 난 그게 빠른 춤 별자리 아래에서 만들어졌다고 생각했소.
앤드루 경	예, 튼튼하지요. 그리고 갈색 양말에 상당히 잘 어

105

110

115

120

113행 뒤로 ... 재주
아마도 뒤쪽으로 움직이는 춤 동작을 말하는 것 같은데, 무의식적인 음담패설일 수도 있다. (아든)

116행 몰 부인
특정 인물을 가리키는 것 같은데, 그렇다면 엘리자베스 1세의 시녀인 매리 피턴일 가능성이 가장 크다. 아니면 토비 경이 그냥 마리아를 언급했을 수도 있다. (아든)

	울린답니다. 우리 한번 흥겹게 놀아 볼까요?	125
토비 경	달리 할 게 뭐가 있겠소? 우린 황소자리 아래에서 태어나지 않았나요?	
앤드루 경	황소자리? 그건 옆구리와 심장인데.	
토비 경	아니, 다리와 넓적다리지요. 높이 한번 뛰어 봐요. (앤드루 경이 높이 뛴다.) 하, 더 높이! 하, 하, 빼어나요.	130

(함께 퇴장)

1막 4장

밸런타인과 세자리오로 남장한 비올라 등장.

밸런타인	공작께서 세자리오 당신에게 이런 호의를 계속 보이신다면 당신은 승진할 가능성이 많을 것 같소. 공작께서 당신을 만난 지 사흘밖에 안 됐는데 당신은 이미 낯선 사람이 아니오.	
비올라	그분의 사랑이 지속될까 의심하는 걸 보니 당신은 그분의 변덕 아니면 나의 태만을 걱정하는군요. 공작님은 호의가 변하는 분이오?	5
밸런타인	아뇨, 날 믿으시오. (오르시노, 큐리오 및 시종들 등장.)	
비올라	고맙소. 공작께서 오셨소.	

126행 황소자리
황도대의 십이궁은 각각 대응되는 신체 부위를 다스린다고 생각됐는데, 황소자리는
술꾼들에게 가장 소중한 목과 목구멍을 다스렸다. 앤드루 경은 별자리와 신체 부위를
뒤섞어 놓고 토비 경이 의도적으로 그걸 더 잘못 연결시키는 바람에 앤드루 경을 춤추게
만든다. (아든)
1막 4장 장소
공작의 궁정.

| 오르시노 | 여봐라, 세자리오를 본 사람? | 10 |

오르시노   여봐라, 세자리오를 본 사람?   10

비올라   대령하고 있습니다, 각하, 여기에.

오르시노   (밸런타인, 큐리오 및 시종들에게)

            잠시 동안 물러서 있으라. (비올라에게) 세자리오,

            넌 하나도 안 빼놓고 다 안다, 내 영혼의

            비밀 장부까지도 펼쳐 보여 줬으니까.

            그러니 젊은이여, 그녀에게 발길 돌려,   15

            면회 사절 거절하고 문간에서 말하라,

            알현을 할 때까지 붙박은 너의 발은

            거기에서 자라날 거라고.

비올라   고귀하신 공작님,

            그녀가 소문처럼 슬픔에 푹 빠졌다면

            분명코 저를 절대 안 받아들일 것입니다.   20

오르시노   소득 없이 되돌아오느니 소란 떨고

            예절의 한계를 다 뛰어넘어라.

비올라   말을 하게 된다면 공작님, 그다음엔?

오르시노   오 그럼, 내 사랑의 열정을 펴 보여라,

            소중한 나의 신념 얘기로 그녀를 제압하라.   25

            비탄하는 내 역할은 너에게 잘 어울리고

            그녀는 그것을 더 크게 주목할 것이다,

            엄숙한 대리인보다는 네가 더 젊으니까.

비올라   안 그럴 것 같습니다, 각하.

공작   얘, 믿어 봐.

            너를 성년 남자라고 말하는 사람들도   30

            행복한 네 나이는 잘못 짚을 테니까.

            디아나의 입술도 더 붉고 매끈하지 못하며

            네 작은 목소리는 처녀처럼 높고 맑아.

            그래서 모든 게 여자의 모습과 흡사하다.

	나는 네 별자리가 이 일에 적합함을	35
	다 알고 있단다.　　(밸런타인, 큐리오 및 시종들에게)	
	네댓이 그를 따라가거라. ―	
	원한다면 다 데려가. ― 곁에 사람 없을 때가	
	난 최고 좋으니까. (비올라에게) 이 일을 성사시켜.	
	그럼 넌 주인의 재산을 네 것이라 부르며	
	그처럼 자유롭게 살게 된다.	
비올라	최선을 다하여	40
	그 숙녀께 구애하죠. (방백) 그렇지만 험난해라,	
	누구에게 구애하든 그의 아낸 내가 되리. (함께 퇴장)	

1막 5장

마리아와 광대 등장.

마리아	아니, 어디 가 있었는지 말해. 안 그럼 널 변명하려	
	고 내 입을 터럭 한 올 들어갈 만큼도 열지 않을 테	
	니까. 네가 없어진 일로 아씨께서 널 목매다실 거야.	
페스테	매다시라죠. 이 세상에서 목이 잘 매달린 사람은 아	
	무것도 두려워할 필요가 없으니까.	5
마리아	그걸 입증해 봐.	
페스테	뭐가 보여야지 두려워하죠.	
마리아	아주 맥없는 대답이야. '두려울 게 없다.'는 말이 어	
	디에서 나왔는지 난 알아.	
페스테	어딘데요, 마리아 아가씨?	10

1막 5장 장소
올리비아의 저택.

마리아	전쟁이지, 그래서 넌 그걸 농담 삼아 용감하게 뱉을 수 있는 거고.
페스테	글쎄요, 신은 지혜를 가진 이들에게 그걸 또 주시고 바보들은 자기 재능을 쓰게 하소서.
마리아	그렇지만 넌 너무 오래 집을 비웠으니 목매달릴 거 15 야. 아니면 쫓겨날 텐데 ― 그건 네게 목매달리는 거나 다름없잖아?
페스테	목을 많이 잘 매달면 나쁜 결혼을 막아 주죠. 그리고 쫓겨나는 건 여름철엔 견딜 만해요.
마리아	그럼 결심을 굳혔어? 20
페스테	그런 건 아니지만 두 멜빵을 잡고 결심했어요.
마리아	하나가 끊어지면 다른 게 잡아 주고 둘 다 끊어지면 바지가 내려온단 말이지.
페스테	맞았어요, 참말로, 딱 들어맞았어요. 자, 가 봐요. 토비 경이 술만 끊는다면 당신은 일리리아의 그 누구 25 와도 견줄 만큼 재치 있는 여체랍니다.
마리아	입 다물어, 이 악당아. 그 얘긴 그만해.

(올리비아 아씨, 말볼리오 및 시종들과 함께 등장.)

여기 아씨께서 오신다. 현명하게 변명해 봐, 그러는 게 좋을 거야. (퇴장)

페스테	기지여, 너의 뜻이라면 내가 바보짓을 잘하게 해 줘 30 라! 널 가졌다고 생각하는 재주꾼들은 자주 바보임이 드러나고 네가 없다고 확신하는 난 현명한 사람으로 통할 수 있단다. 왜냐하면 쿠이나팔루스 말씀이 '바보 같은 재주꾼보다는 재주 있는 바보가 되는 게 더 낫다.'고 하시잖아? 복 많이 받으십시오, 아씨! 35
올리비아	이 바보를 내다 버려라.
페스테	이 친구들아, 안 들려? 이 아씨를 내다 버려.

올리비아	저런, 넌 메마른 바보야. 내겐 더 이상 필요 없어. 게
	다가 넌 불성실해졌어.
페스테	마돈나여, 그 두 가지 결점은 술과 훌륭한 조언으로 40
	고쳐질 겁니다. 메마른 바보에게 술을 주면 그 바보
	는 메마르지 않고, 불성실한 사람에게 고치라고 해
	서 고치면 그는 더 이상 불성실하지 않으니까요. 그
	가 못 고치면 수선공더러 고치라지요. 무엇이든 고
	쳐진 건 땜질됐을 뿐입니다. 미덕이 일탈하면 그건 45
	죄가 땜질됐을 뿐이고 죄가 고쳐지면 그건 미덕이
	땜질됐을 뿐이랍니다. 만약 이 간단한 논법이 쓸 만
	하다면 됐고, 그렇지 않다 해도 별 도리 없잖아요?
	불행이란 남편은 꼭 배신당하듯이 미녀도 꽃이랍니
	다. ─ 아씨가 이 바보를 내다 버리라고 명하셨다. 그 50
	러므로 다시 말하건대 그녀를 내다 버려라.
올리비아	이봐, 내가 내다 버리라고 명한 건 너야.
페스테	최고급 오해이십니다! 아씨, 두건을 썼다고 다 수도
	승은 아니랍니다. ─ 그건 제가 머릿속까지 때때옷
	을 입은 건 아니란 말과 같죠. 친절하신 마돈나여, 55
	당신이 바보임을 입증케 해 주십시오.
올리비아	그렇게 할 수 있어?
페스테	능수능란하게요, 친절하신 마돈나.
올리비아	증명해 보아라.
페스테	그럼 마돈나여, 교리 문답을 해야겠습니다. 고결하 60

33행 쿠이나팔루스
페스테가 만들어 낸 라틴어 권위자로
수사학적이고 논리학적인 맥락으로
볼 때 아마도 고대 로마의 수사학자
쿠인틸리아누스(『변론술 교정』의
저자)로부터 영감을 받은 것 같다. (아든)

49행 미녀도 꽃
즉 질 것이라는 말이다. 페스테는
올리비아에게 집 안에 자신을 가두면서
결혼을 거절하지 말고 청춘을 최대한
이용하라고 충고한다. (RSC)

신 콩쥐 아씨, 대답해 봐요.

올리비아 자 그럼, 다른 심심풀이가 없으니 너의 입증을 받아
주마.

페스테 훌륭하신 마돈나는 왜 슬퍼하시지요?

올리비아 훌륭한 바보야, 오빠의 죽음 때문이지. 65

페스테 그분의 영혼은 지옥에 있는 것 같군요, 마돈나.

올리비아 오빠의 영혼은 천국에 있다고 안다, 바보야.

페스테 더욱더 바보지요, 마돈나여, 오빠의 영혼이 천국에
있는데 슬퍼하시다니요. ─ 이 바보를 내다 버려요,
여러분. 70

올리비아 이 바보를 어떻게 생각해, 말볼리오? 나아지지 않았어?

말볼리오 예, 죽음의 격통에 뒤흔들릴 때까지 나아질 것입니
다. 현자들은 노쇠해지면 무너지지만 바보들은 언제
나 더 좋아진답니다.

페스테 신은 당신의 어리석음이 더 잘 늘어나도록 노쇠를 75
빨리 보내 주소서. 토비 경은 제가 여우가 아니란 맹
세는 하시겠지만 당신이 바보가 아니란 서약은 두
푼을 줘도 안 하실걸요.

올리비아 이 말엔 뭐라고 대답할 텐가, 말볼리오?

말볼리오 아씨께서 이따위 시시한 불한당을 재밌어하시다니 80
놀랍습니다. 저자가 어제 재주라곤 돌만큼도 없는
보통 바보한테 지는 걸 봤어요. 저 봐요, 이미 방어
도 못 하잖아요. 아씨께서 웃으면서 계기를 만들어
주시지 않으면 그는 입이 막힌답니다. 단언컨대 이
런 유의 딱딱한 바보들에게 탄성을 지르는 현자들 85
은 바보의 들러리만도 못합니다.

올리비아 오, 말볼리오, 자네는 자애심에 병들었고 불건전한
식욕으로 맛을 보고 있어. 너그럽고 결백하며 관대

한 성품을 가진다는 건 자네가 내포알로 여기는 것
들을 새 잡는 화살로 받아들인다는 말이야. 공인된 90
바보는 줄곧 욕설만 퍼부어도 험담은 없고 신중하
다고 알려진 사람은 줄곧 꾸짖기만 해도 욕설은 없어.

페스테 바보들을 좋게 말씀하시니 이제 속임수의 신 머큐
리가 당신에게 허언을 내리시길.

(마리아 등장.)

마리아 아씨, 문간에 젊은 신사 한 분이 와서 아씨와 얘기 95
하고 싶어 해요.

올리비아 오르시노 공작이 보내셨나?

마리아 모르겠어요, 아씨. 아름다운 청년이고 수행원도 몇
있어요.

올리비아 식구들 가운데 누가 그를 잡아 두고 있느냐? 100

마리아 아씨 친척, 토비 경이요.

올리비아 어서 그를 데려와, 제발, 미치광이 말밖에는 하지
않아. 하필이면 그야. (마리아 퇴장)
말볼리오, 자네가 가. 공작의 청이라면 난 아프거나
집에 없어. 맘대로 해서 물리쳐. (말볼리오 퇴장) 105
이봐, 이제 알겠지, 네 바보 놀이가 얼마나 구식이고
사람들이 싫어하는지.

페스테 당신이 우릴 대변해 주셨어요, 마돈나, 마치 당신의
첫아들이 바보인데

(토비 경 등장.)

그의 두개골을 조브께서 재주로 꽉 채워 주신 것처 110
럼요, 왜냐하면 뇌막이 몹시 얇은 아씨의 친척 한
분이 여기 오셨으니까요.

110행 조브
주피터라고도 불리는 로마 신계의 주신. 그리스 신화의 제우스에 해당한다.

올리비아	아 이런, 반쯤 취했어. (토비 경에게) 문간에 있는 사	
	람이 누구예요, 아저씨?	
토비 경	신사이지.	115
올리비아	신사? 어떤 신사요?	
토비 경	신사가 있지, 거기에. (트림한다.) 염병할 청어 절임	
	같으니! (페스테에게) 잘 지냈어, 멍청아?	
페스테	토비 경.	
올리비아	아저씨, 아저씨, 어쩌다가 이렇게 아침 일찍 무기력	120
	에 빠졌어요?	
토비 경	발기력? 난 발기력을 무시해. 문간에 누가 왔는데.	
올리비아	그래요, 참, 누군데요?	
토비 경	원한다면 악마라도 되라고 해, 상관없어. 내겐 믿음	
	을 줘, 응. 글쎄, 다 마찬가지야. (퇴장)	125
올리비아	취한 사람은 뭐와 같지, 바보야?	
페스테	물에 빠진 사람, 바보, 그리고 미친 사람과 같지요.	
	거나한 데서 한 잔 더 하면 바보 되고, 두 잔 더 하면	
	미치고, 세 잔 더 하면 빠진답니다.	
올리비아	넌 가서 검시관을 찾은 다음 아저씨를 검사해 보라	130
	고 해, 음주 삼 단계에 — 빠져 있으니까. 가서 돌봐	
	드려.	
페스테	그는 아직 미쳤을 뿐입니다, 마돈나, 그래서 이 바보	
	가 이 미치광이를 돌보겠습니다. (퇴장)	

(말볼리오 등장.)

말볼리오	아씨, 저기 젊은 친구가 맹세코 아씨와 얘기를 해야	135
	겠답니다. 병이 나셨다고 말했지만 그건 충분히 이	
	해하고 그래서 아씨와 얘기하러 오겠답니다. 주무	

124~125행 믿음을 줘
악마를 물리치기 위하여. (RSC)

신다고 말했지만 그것도 미리 알고 있는 것처럼 보
였고 그래서 아씨와 얘기하러 오겠답니다. 뭐라고
하지요, 아씨? 그는 어떤 거절에도 방비를 단단히 140
하고 있답니다.

올리비아 나하고는 얘기 못 할 거라고 말하게.

말볼리오 그렇게 말했습니다. 근데 그는 장승처럼 문간에 서
있겠다고 하고 외자 다리가 되더라도 아씨와 얘기를
해야겠답니다. 145

올리비아 어떤 종류의 사람인데?

말볼리오 그야, 인류에 속하지요.

올리비아 태도는 어떻고?

말볼리오 태도가 아주 나쁩니다. 아씨가 원하시든 말든 얘기
하겠답니다. 150

올리비아 인물과 나이는 어떤데?

말볼리오 남자라기엔 나이가 충분치 않고 소년이라기엔 그리
어리지도 않습니다. 여물기 전의 푸른 콩깍지나
거의 다 익은 풋사과처럼요. 그는 소년과 성년, 그
중간에 있답니다. 얼굴은 아주 잘생겼고 날카로운 155
목소리를 내는데 어머니 젖내가 아직 다 빠지지
않았다는 생각이 들게 합니다.

올리비아 가까이 오라 하라. 시녀를 들라 하고.

말볼리오 (문으로 간다.) 시녀, 아씨께서 부르시네. (퇴장)
(마리아 등장.)

올리비아 베일을 이리 줘. 자, 얼굴에 씌워라. 오르시노 공작 160
말을 또 한 번 들어 보자.
(비올라 등장.)

비올라 존경하는 이 집안의 여주인이 뉘신지요?

올리비아 내게 말하시오, 그녀 대신 대답하지요. 당신의 용건은?

27

비올라	가장 빛나고 뛰어나며 비할 데 없는 미녀시여 ―
	제발 그대가 이 집안의 여주인인지 말해 주시오, 전 165
	한 번도 못 봤으니까. 제 연설을 내버리긴 싫습니다.
	빼어나게 작성됐을 뿐만 아니라 외우는 수고를 많이
	했기 때문에요. 미녀들이시여, 제가 조롱당하지 않
	도록 해 주시오. 터럭만큼의 심술궂은 대접에도 전
	민감하답니다. 170
올리비아	당신은 어디 출신이오?
비올라	전 공부한 것밖에는 말할 수 없는데 그 질문은 제
	대사를 벗어났답니다. 친절하신 분이여, 그대가 이
	집안의 여주인이라면 제가 연설을 계속할 수 있도록
	적당하게 언질을 주십시오. 175
올리비아	당신은 배우인가요?
비올라	아뇨, 속속들이. 그렇지만 ― 악의 품은 독니에 맹세
	코 ― 저는 제가 연기하는 인물은 아니랍니다. 당신
	이 이 집안의 여주인이십니까?
올리비아	내가 나 자신을 강탈하지 않았다면 맞아요. 180
비올라	당신이 그녀라면 너무나 분명하게 자신을 강탈하셨
	습니다, 자기 것이라도 내줘야 할 걸 간직하고 있으
	면 안 되니까요. 하지만 이건 지시 밖의 일이고, 당
	신 칭찬을 계속하겠습니다. 그런 다음 제 심부름의
	알맹이를 보여 드리지요. 185
올리비아	그 가운데 중요한 것으로 가 봐요. ― 칭찬은 용서
	해 주지요.
비올라	아아, 그걸 공부하느라 수고를 많이 했는데, 게다가
	시적인데.
올리비아	그럼 더더욱 꾸며 냈을 것 같네요. 제발 넣어 둬요. 190
	당신은 문간에서 건방지게 굴었고 진입할 땐 당신

	말을 듣게 하기보다는 당신에게 놀라게 만들었다
	하더군요. 미친 게 아니라면 가 봐요. 이유가 있다면
	짧게 말하고. 난 달 때문에 이렇게 미친 대화를 나
	누는 기간 중에 있진 않아요.

195

마리아 　돛을 올리시겠어요? 길은 이쪽입니다.

비올라 　아뇨, 갑판 청소부. 난 여기에 좀 더 오래 정박하렵
　　　니다. ─ 친절한 아씨, 이 거인 좀 달래 줘요. 당신
　　　마음을 얘기하십시오. 전 심부름꾼입니다.

올리비아 　이토록 무섭게 예의를 차리는 걸 보니 분명 뭔가 소 　200
　　　름끼치는 걸 전하려고 하는군요. 용무를 말해요.

비올라 　그건 당신 귀에만 들려줄 얘깁니다. 저는 선전 포고
　　　나 조공 요구를 가져오진 않았어요. 손에는 올리브
　　　가지를 들었고 제 말은 내용만큼이나 평화로 가득
　　　하답니다. 　205

올리비아 　그렇지만 당신은 거칠게 시작했어요. 당신은 누구지
　　　요? 무엇을 원합니까?

비올라 　제게 나타났던 거친 면은 제가 받은 대접에서 배운
　　　것입니다. 제가 누구이고 무엇을 원하는지는 처녀성
　　　만큼이나 비밀스러워서 당신 귀에는 신학이지만 다 　210
　　　른 사람 귀에는 신성 모독이죠.

올리비아 　다들 물러가라, 짐은 이 신학을 듣겠노라.

　　　　　　　　　(마리아와 시종들 함께 퇴장)

　　　자, 당신의 말씀은 무엇이오?

비올라 　참으로 아름다운 아씨 ─

194행 달 때문에
달의 변화는 인간의 마음에 영향을
미친다고 생각되었다. (아든)
198행 거인
전통적인 로맨스 작품에는 거인들이

귀부인의 보호자 역할을 하지만 여기서는
아마도 마리아 역을 하는 소년 배우의 작은
체구를 역설적으로 가리키는 것 같다.
(아든)

| 올리비아 | 위안되는 교리이고 그에 대해서는 할 말이 많겠지요. 말씀은 어디에 있지요? | 215 |

올리비아 위안되는 교리이고 그에 대해서는 할 말이 많겠지 215
 요. 말씀은 어디에 있지요?

비올라 오르시노의 가슴에요.

올리비아 그의 가슴에? 그의 가슴 어느 장에?

비올라 같은 방식으로 대답하면 그의 마음 첫째 장에 있답
 니다. 220

올리비아 오, 그건 들어 봤어요. 이단이랍니다. 더 이상 할 말
 은 없나요?

비올라 아씨, 얼굴 좀 보게 해 주십시오.

올리비아 내 얼굴과 협상하라는 주인의 분부라도 받았나요?
 당신은 지금 당신의 말씀에서 벗어났어요. 하지만 225
 짐은 가리개를 열고 그림을 보여 주겠노라. (베일을
 올린다.) 보세요, 바로 지금 난 이런 사람이었어요.
 잘 그리지 않았나요?

비올라 빼어나군요, 신이 다 빚은 거라면.

올리비아 타고난 거랍니다, 비바람도 견딜 거고요. 230

비올라 완벽하게 배합된 미로서 붉고 흰 색깔은
 자연의 여신이 솜씨 좋게 넣었군요.
 이렇게 우아한 걸 무덤으로 가져가고
 이 세상에 복제품을 남기지 않는다면
 당신은 산 여자 가운데 최고로 잔인하오. 235

올리비아 보세요, 난 그렇게 모질진 않을 거랍니다. 이 미모의
 갖가지 목록을 발표할 거예요. 재고를 조사하고 모
 든 부품, 부위엔 맘대로 딱지를 붙일 거랍니다. 예컨
 대, 물품, 적당히 붉은 두 입술. 물품, 잿빛 두 눈과
 그에 따른 눈꺼풀. 물품, 목 하나, 턱 하나 등등. 날 240
 칭찬하려고 당신을 여기로 보냈나요?

비올라 당신의 됨됨이를 알겠소. 너무나 거만하오.

하지만 당신이 악마라도 아름답소.
제 주인 어른께서 당신을 사랑하오.
오, 그 사랑은 당신이 절대미의 관 썼어도   245
보답받을 수밖에요.
올리비아   날 어떻게 사랑하죠?
비올라   공경하는 마음속에 넘치는 눈물과
우레 같은 사랑의 신음과 불같은 한숨으로.
올리비아   그 주인은 내 맘 알고 나는 사랑 못 해요.
하지만 난 그가 덕 높다 여기고, 고귀하고   250
재산 많고 활기차고 티 없는 청년인 줄 알아요.
평판이 좋으며 아량과 학식과 용기 있고
그 풍채나 타고난 생김새에 있어서는
우아한 분이라오. 그래도 사랑은 못 해요.
오래전에 대답을 받아 갔을 터인데.   255
비올라   주인님의 불꽃으로 내가 당신 사랑하면
그 치열한 고통과 죽음 같은 삶 속에서
당신의 거절은 나에게 무의미할 테고
이해하지 않겠어요.
올리비아   그럼 어쩔 건데요?
비올라   당신 대문 앞에다 버드나무 움막 짓고   260
집 안의 내 영혼을 불러 볼 것이오.
모멸받은 사랑에 충성하는 곡을 쓰고
한밤중이라도 큰 소리로 노래 부를 겁니다.
반향하는 언덕에 당신 이름 외쳐 대고
공중에서 주절대는 그 수다쟁이에게   265

265행 그 수다쟁이
외친 이름이 언덕에 부딪혀 되돌아오는 물리적인 소리와, 나르키소스를 사랑하다가 소리만
남게 된 신화 속의 에코를 둘 다 언급한다. (아든)

'올리비아' 소리치게 만들 거요. 오, 당신은
하늘과 땅 사이 어디서도 못 쉬고 결국 나를
동정하고 말 겁니다.

올리비아   당신이면 그럴지도.

당신의 집안은?

비올라   제 운보단 좋지만 제 지위도 괜찮지요.   270
저는 신사랍니다.

올리비아   주인에게 돌아가요.

그를 사랑 못 하니 더 보내지 말라 해요 ―
단, 혹시라도 그가 이걸 어찌 받아들였는지
당신이 다시 와서 말하면 몰라도. 잘 가요.
수고는 고마워요.

(돈을 내놓는다.) 나 대신 써 주시오.   275

비올라   유료 급사 아니니까 지갑은 거두시죠.
보답은 저 말고 주인님이 못 받으십니다.
당신이 사랑할 남자의 심장은 돌이 되고
당신의 열정은 주인님과 꼭 같이
경멸받게 되기를. 잘 있어요, 독한 미녀.   (퇴장)   280

올리비아   '당신의 집안은?'
'제 운보단 좋지만 제 지위도 괜찮지요.
저는 신사랍니다.' 그건 틀림없어요. ―
그대의 혀, 얼굴과 사지와 행동과 기백이
다섯 번 밝히네요. 너무 빨라, 천천히, 천천히 ―   285
이 하인이 주인 되지 않는다면. 어떡하지?
이렇게도 재빨리 그 역병을 옮을 수가?

287행 그 역병
사랑. 그리고 더 나아가 그 시기에 실제로 상존했던 페스트의 위험을 비유적으로 암시한다.
(아든)

십이야

내 생각에 이 청년의 완벽한 미모가
식별이 불가능한 도둑발로 내 눈 속에
기어드는 것 같다. 글쎄, 그렇게 하라지.   290
여봐라, 말볼리오!

(말볼리오 등장.)

말볼리오   아씨, 여기 대령했습니다.

올리비아   그 보채는 심부름꾼, 공작의 하인을
뒤쫓아 가거라. 이 반지를 놓고 갔어,
내 의사와 상관없이. 안 받는다 말해 줘.
주인에겐 아첨도 하지 말고 희망을 주지도   295
말란다고 그래라. 난 그에게 맞지 않아.
그 청년이 내일 중에 이쪽으로 오겠다면
그 이유를 말하겠다. 서둘러라, 말볼리오.

말볼리오   예, 아씨.   (퇴장)

올리비아   난 뭔지도 모르는 걸 하고 있고 내 눈이   300
마음에게 너무 아첨할까 봐 두렵구나.
운명아, 네 힘을 보여라, 우린 주인 아니다.
정해진 건 필연이고 이번 일도 그리되리.   (퇴장)

2막 1장

안토니오와 세바스티안 등장.

안토니오   더 이상 머물지 않겠단 말이오? 내가 함께 가는 것
도 원치 않고?

2막 1장 장소
해안.

33

세바스티안 미안하지만 그렇소. 내 운명의 별들이 가물거린답니다. 그 악영향이 어쩌면 당신에게도 해를 줄 수 있어요. 그래서 불운을 나 혼자 견디도록 허락해 달라는 간청을 하겠소. 그걸 당신에게 조금이라도 떠넘긴다면 당신의 사랑에 잘못 보답하는 것이겠지요.

안토니오 그래도 가는 데가 어딘지는 알려 주시오.

세바스티안 안 됩니다, 정말로. 정해진 내 항로는 철저한 이탈이랍니다. 하지만 난 당신이 빼어난 조심성을 가졌기에 내가 감추려 하는 것을 억지로 끌어내진 않을 줄 압니다. 그래서 내 신분을 밝히는 게 오히려 예의일 테지요. 그렇다면 알아 두시오, 안토니오. 난 나를 '로데리고'라고 불렀지만 내 이름은 세바스티안입니다. 아버지는 당신이 들어서 알고 있는 메살린의 바로 그 세바스티안이셨고. 아버지는 같은 시간에 태어난 나와 내 누이를 남기셨죠. 하늘이 원했으면 우리의 마지막도 같았겠지요. 그런데 당신이 그걸 바꿔 놨소, 왜냐하면 당신이 바다의 틈새에서 나를 건져 내기 몇 시간 전에 누이가 빠져 죽었기 때문이오.

안토니오 아, 가엾어라!

세바스티안 그녀는 나를 많이 닮았다는 말은 있었지만 많은 사람들이 아름답다 여겼던 아가씨였지요. 하지만 내가 그런 평가와 놀라움을 지나치게 믿을 순 없어도 이만큼은 대담하게 공표할 것이오. 즉 그녀는 시기심조차도 곱다고 할 수밖에 없는 마음씨을 가졌었노라고. 그녀는 이미 짠물에 빠져 죽었소, 내가 더 많은 짠물로 그녀에 대한 기억을 다시 빠뜨리는 것

십이야

같소만.

안토니오   미안하오, 당신을 초라하게 대접해서.   30

세바스티안 오, 안토니오, 수고를 끼친 점 용서하오.

안토니오   당신을 사랑한다고 날 죽이지 않을 거면 나를 하인
         삼아 주시오.

세바스티안 당신이 한 일을 되돌려 놓지 않으려면, 다시 말해,
         구해 준 사람을 죽이지 않으려면 그런 걸 바라진 마   35
         시오. 곧장 작별합시다. 내 가슴은 인정으로 가득하
         고 난 아직 어머니의 습관에 너무 젖어 아주 하찮
         은 계기에도 내 눈이 날 일러바칠 것이오. 난 오르
         시노 공작의 궁정으로 가는 중이오. 잘 있어요. (퇴장)

안토니오   모든 신의 친절이 그대와 함께하길.   40
         오르시노 궁정에 난 많은 적을 두고 있다,
         안 그러면 곧장 그를 거기에서 볼 텐데.
         하지만 아무튼 난 그대를 너무나 사모하여
         위험조차 장난으로 보일 테니 갈 것이오.   (퇴장)

2막 2장

비올라와 말볼리오, 각각 다른 문으로 등장.

말볼리오   지금 막 올리비아 여백작과 함께 있던 사람이 당신
         아니었소?

비올라   그렇소, 지금 막. 그 뒤에 적당한 걸음으로 여기까지
         밖에는 못 왔소만.

2막 2장 장소
길거리.

말볼리오　그녀가 이 반지를 돌려드립니다. (반지를 보여 준다.)　5
　　　　　당신 스스로 가져갔더라면 내 수고를 덜어 줄 수 있
　　　　　었겠지요. 그녀는 덧붙여 자신은 당신 주인과 아무
　　　　　런 일도 없을 거란 절망적인 확신을 그분에게 심어
　　　　　드리라고 하셨소. 그리고 한 가지 더, 당신은 그분
　　　　　일로 다시는 무모하게 돌아오지 말아야 하오. 다만　10
　　　　　그분이 이걸 어떻게 받아들였는지 보고하러 오는
　　　　　건 괜찮소. (반지를 내민다.) 그러니 받으시오.
비올라　그녀가 내게서 받아 가진 반지요, 난 일없소.
말볼리오　이보시오, 당신은 보채듯이 이걸 그녀에게 던졌소.
　　　　　그녀의 뜻은 같은 식으로 돌려줘야 한다는 거요.　15
　　　　　(반지를 던진다.) 이게 허리를 굽힐 가치가 있다면
　　　　　여기 당신 눈앞에 있소. 아니라면 줍는 사람이 임자
　　　　　겠지요.　　　　　　　　　　　　　　　　(퇴장)
비올라　난 반지를 안 남겼다. 아씨가 어쩌려고?
　　　　　맙소사, 겉만 보고 나에게 홀리진 않았기를!　20
　　　　　나를 많이 바라봤다. 정말이지 그녀는
　　　　　한눈을 너무 팔아 할 말을 잃은 것 같았다,
　　　　　놀라면서 정신없이 횡설수설했으니까.
　　　　　분명 나를 사랑해. 그녀의 연정은 꾀를 써서
　　　　　이 무례한 사자를 통하여 날 끌어들인다.　25
　　　　　주인님 반지는 안 가져? 원, 보낸 게 없는데.
　　　　　내가 그녀 남자다! 그렇다면, 그러니까,
　　　　　불쌍한 아씨여, 차라리 꿈을 사랑하시지.
　　　　　변장이여, 네놈이 사악한 걸 알겠구나.

십이야

교활한 사탄은 널 이용해 많은 일을 하니까.　　　　30

번듯한 가짜가 밀랍 같은 여자 맘에

자신의 형체를 새기기는 얼마나 쉬운가!

아아, 그 원인은 우리의 약함이지 우린 아냐.

왜냐하면 만들어진 그대로가 우리니까.

어떻게 되려나? 주인님의 그녀 사랑 지극한데　　　35

난 불쌍한 괴물로서 그분을 좋아하고

그녀는 날 오인해서 내게 혹한 것 같다.

이 일이 어찌 될까? 내가 남자니까

주인님을 사랑하는 내 상황은 절망이다.

내가 여자니까, 아 이런, 가엾어라,　　　　　40

얼마나 헛된 한숨 불쌍한 올리비아 내쉴까?

오, 시간이여, 나 말고 네가 이걸 해결해라.

이 매듭은 너무 굳어 난 풀지 못하겠다.　　(퇴장)

2막 3장

토비 경과 앤드루 경 등장.

토비 경　　가까이 와요, 앤드루 경. 자정이 지나도 안 잔다는
　　　　　건 제때에 일어난 것이며 조기 기상임을 당신도 알
　　　　　아요.

앤드루 경　아뇨, 모릅니다, 참말로. 하지만 난 알아요. 늦도록
　　　　　안 자는 건 늦도록 안 자는 거죠.　　　　　　　　5

토비 경　　틀린 결론이오. 난 그런 걸 채우지 않은 잔만큼이나

36행 괴물
남장한 여자인 자신의 모습을 말한다.

2막 3장 장소
올리비아의 저택.

싫어하오. 자정이 지나서도 깨 있다가 그때 자러 가는 게 이른 거지요. 그래서 자정이 지나서 자러 가는 건 제때에 자러 가는 거랍니다. 우리의 생명은 사원소로 구성되어 있잖아요? 10

앤드루 경 맞아요, 사람들이 그러대요. 하지만 난 오히려 먹고 마시는 걸로 구성된 것 같은데.

토비 경 당신은 학자요. 그러므로 먹고 마시자고요. 이봐, 마리안, 포도주 한 컵.

(페스테 등장.)

앤드루 경 여기 바보가 왔네요, 진짜로. 15

페스테 여러분, 안녕하십니까? '우리 셋'이란 그림을 한 번도 못 봤어요?

토비 경 잘 왔어, 바보야. 자, 우리 돌림 노래 하자.

앤드루 경 정말이지 이 바보의 목소리는 빼어나요. 난 사십 실링을 갖느니 차라리 저런 다리와 감미로운 노랫소 20 리를 갖는 게 낫겠어요. 진짜로 넌 어젯밤 아주 우아한 익살을 떨었어, 네가 큐에부스의 적도를 지나가는 바피아 사람들의 피그로그로미투스 얘기를 했을 때 말이야. 그건 아주 좋았어, 진짜로. 네 애인한테 쓰라고 육 펜스 보냈는데 받았어? 25

페스테 당신의 위로금을 착복했죠. — 말볼리오의 코는 채찍 손잡이가 아니고 우리 아씨의 손은 희며 뮈르미돈 요정은 선술집이 아니기 때문에요.

13~14행 마리안
작은 마리아. 그러나 마리아가 아니라 페스테가 나타난다.
22~24행 큐에부스 ... 말이야
앤드루 경이 기억하는 페스테의 명백한 허튼소리는 아마도 숙취 때문에 왜곡됐을

수도 있다. 전체적인 주제는 천체에 관한 것인데 약간의 종교적인 함의가 있는 것처럼 보인다. (아든)
27~28행 뮈르미돈
호메로스의 『일리아드』에서 트로이 전쟁에 참가한 아킬레스의 부하들. (아든)

앤드루 경	뛰어나네! 아니, 이건 최고의 익살이야, 다 끝나고 보니까. 자, 한 곡조.	30
토비 경	(페스테에게) 어서 해 봐, 육 펜스 줄 테니까. 한 곡조 들어 보자.	
앤드루 경	(페스테에게) 나도 같은 동전 하나 내놓겠어. 기사가 돈을 주면 ―	
페스테	사랑 노래 원하세요, 아니면 올바로 사는 노래를 원 하세요?	35
토비 경	사랑 노래, 사랑 노래.	
앤드루 경	그럼, 그럼. 난 올바로 사는 덴 관심 없어.	
페스테	(노래한다.)	

오, 내 님이여, 어이 이리 헤매나요?
오, 멈추고 들어 봐요, 온갖 노래 다 하는   40
　　　그대의 참사랑이 오잖아요.
더 멀린 가지 마요, 달콤한 예쁜이여,
연인들이 만나면 여행은 끝나는 줄
　　　현자의 아들은 다 알아요.

앤드루 경	아주 멋지다, 진짜로.	45
토비 경	좋아, 좋아.	
페스테	(노래한다.)	

사랑이 뭐냐고요? 훗날은 아니지요,
당장의 기쁨은 당장의 웃음 낳고
　　　앞으로 올 일은 늘 몰라요.
지체하면 풍요는 없어질 테니까   50
이리 와 입 맞춰요, 달콤한 그대여.
　　　청춘은 오래가지 않아요.

| 앤드루 경 | 내가 참 기사이듯이 감미로운 목소리네요. | |
| 토비 경 | 전염되는 소리지요. | |

앤드루 경	아주 달콤하고 전염돼요, 진짜로.	55
토비 경	코로 듣는다면 전염될 때 향기롭겠죠! 하지만 우리 정말 하늘이 빙빙 돌게 춤출까요? 직공 하나에서 영혼 셋을 뽑아내는 돌림 노래 하면서 밤 올빼미를 깨울까요? 그거 해 볼까요?	
앤드루 경	날 사랑한다면 합시다. 돌림 노래라면 내가 귀신이 랍니다.	60
페스테	맹세코, 어떤 귀신들은 사람을 빙빙 돌려요.	
앤드루 경	아주 확실해. 우리 돌림 노래를 '네 이놈'으로 하자.	
페스테	'네 이놈, 입 다물어.' 그거요, 기사님? 전 할 수 없 이 당신을 놈이라고 해야겠네요, 기사님.	65
앤드루 경	내가 누구더러 할 수 없이 나를 놈이라고 하게 만든 게 이번이 처음은 아냐. 시작해, 바보야. 시작은 '입 다물어.'야.	
페스테	제가 입을 다물면 절대 시작 못 하는데요.	
앤드루 경	좋았어, 진짜로. 자, 시작해. (그들은 돌림 노래를 부 른다.)	70

(마리아 등장.)

| 마리아 | 이 무슨 암내 난 고양이 울음소리예요! 아씨께서 말볼리오 집사를 깨워 당신들을 문밖으로 쫓아내라 명하지 않으셨다면 절대 저를 믿지 마세요. | |
| 토비 경 | 아씨는 중국 여자야, 우린 모사꾼들이고 말볼리오 | |

57~58행 **직공 ... 셋**
직공들은 대부분 청교도들인데 일을
하면서 노래를, 특히 시편을 부르는 것으로
평판이 나 있었다. 그리고 여기에서 말하는
세 영혼이란 모든 생명체는 세 영혼 또는
원리(생기, 감정, 이성을 관장하는)로
이루어져 있다는 고대의 이론을 가리킨다.
(아든)

74행 **중국 여자**
토비 경은 이 단어를 경멸적인 뜻으로 쓰는
것처럼 보인다. 그리고 셰익스피어의 다른
극작품의 용례로 보건데 '거짓말쟁이'라는
뜻도 있는 것 같다. (아든)

는 날라리 그리고 (노래히며) '유쾌한 세 사람은 우

리'야. 내가 동성동본 아닌감? 그녀와 피를 나누지

않았냐고? 개칠망칠, 아씨! (노래한다.) '바빌론에

한 남자가 살았는데, 아씨, 아씨.'

페스테   어이쿠, 기사님이 감탄스러운 익살을 떠시네.

앤드루 경   암, 마음만 먹으면 잘하고말고, 그리고 나도 마찬가 80

지야. 그는 좀 더 우아하게 하지만 난 더 천연덕스럽

게 해.

토비 경   (노래한다.) '십이월 십이일에 — '

마리아   하느님 맙소사, 조용하세요.

(말볼리오 등장.)

말볼리오   여러분, 다들 미쳤어요? 아니면 뭐 하는 사람들입니 85

까? 지각도 없고 예절이나 품위도 없어요, 이 밤중에

땜장이들처럼 떠들기만 하다니? 아씨 댁을 술집으로

만들려고 목소리를 조금도 경감 또는 중단 없이 구두

수선공들의 돌림 노래를 꽥꽥대는 겁니까? 당신들에

겐 장소와 사람과 시간에 대한 배려는 없나요? 90

토비 경   돌림 노래의 박자 시간은 지켰는데. 염병할!

말볼리오   토비 경, 당신에겐 솔직히 말해야겠습니다. 아씨께

서 얘기하라 하셨는데, 당신을 친척으로서 기거하

게 하시지만 당신의 무질서와 그녀는 아무 관련이

없답니다. 만약 당신이 비행에서 손을 뗄 수 있다면 95

이 집에선 환영입니다만 그리 못 한다면 그래서 그

77행 개칠망칠
의미 없는 말.
83행 십이월 십이일
다른 가곡의 첫 행일 수도 있다. 하지만 술
취한 토비 경은 '크리스마스의 십이일'을
잘못 인용했을 수 있는데, 그것은 이 극에

아주 적절하게도 전통적으로 크리스마스
후 열두 째 날, 즉 십이야(1월 5일)에
시작된다. (아든) 따라서 십이야는 1월 6일
공현 축일(Epiphany) 전야이고 공휴일로서
축제와 오락 및 화톳불 놀이를 즐기는
때였다.

녀를 떠나고 싶다면 아씨께선 아주 기꺼이 당신과
작별하실 것입니다.

토비 경   (노래한다.) 작별해요, 내 사랑, 난 가야만 하니까.

마리아   아니, 토비 경.   100

광대   (노래한다.) 그의 눈을 보니까 며칠 남지 않았네요.

말볼리오   이럴 수가?

토비 경   (노래한다.) 하지만 난 절대 안 죽어.

페스테   (노래한다.) 토비 경, 그건 거짓말입니다.

말볼리오   당신들 칭찬이 자자하겠네요.   105

토비 경   (노래한다.) 꺼지라고 해 볼까?

페스테   (노래한다.) 만약 그리하신다면?

토비 경   (노래한다.) 꺼지라고 해 볼까, 가차 없이?

페스테   (노래한다.) 아, 아, 안 돼요, 감히 못 그러시죠.

토비 경   (페스테에게) 야, 곡조가 안 맞잖아. ― 네 말은 틀렸   110
어. (말볼리오에게) 네가 집사밖에 더 돼? 네가 도덕
적이라고 해서 과자와 맥주는 더 이상 없어야 한다
고 생각해?

페스테   그럼요, 안나 성녀에 맹세코, 그리고 생강은 정력에
도 좋을 겁니다.   115

토비 경   네 말이 맞다. (말볼리오에게) 이봐, 가서 빵 부스러
기로 집사 목걸이나 닦으시지. ― 마리아, 포도주 한 컵.

말볼리오   마리아 아가씨, 당신이 아씨의 호의를 조금이라도
소중히 여기고 경멸하지 않는다면 이런 무례한 행

112행 과자와 맥주
전통적으로 성인 축일 및 성일(예컨대 공현
축일)과 같은 교회 잔치와 연관된 음식과
술로서, 특히 말볼리오처럼 기념일을
싫어하는 청교도들의 마음에 들지 않는
것들이었다. (아든)

114행 안나 ... 맹세코
안나는 동정녀 마리아의 어머니이고 이
맹세는 가톨릭에서 유래했기 때문에
청교도인 말볼리오를 자극하려는 의도로
사용됐을 수 있다. (아든)
생강 맥주 향신료.

동을 도와주진 않을 겁니다. 이 손에 맹세코 알려 120
드리고 말 겁니다.   (퇴장)

마리아   가서 그 멍청한 귀나 흔드시지.

앤드루 경   누가 그에게 결투를 신청하고 그런 다음 약속을 깨
버리고 그를 바보 만든다면, 그건 사람이 배고플 때
마시는 것만큼이나 잘하는 행동일 텐데.   125

토비 경   기사가 해 봐요. 내가 도전장을 써 주거나 아니면
격분한 당신 맘을 내 입으로 전달해 주겠소.

마리아   친절한 토비 경, 오늘 밤은 참으세요. 공작이 보낸
청년이 오늘 아씨를 찾아온 뒤로 그녀의 마음이 많
이 흐트러졌어요. 말볼리오 씨 문제는 제게 맡겨 주 130
세요. 제가 만약 그를 속여 바보의 대명사로 만들면
서 공동 오락거리로 돌리지 못한다면 제겐 침대에
바로 누울 정신조차 없다고 생각하세요. 전 할 수
있다는 걸 알아요.

토비 경   우리에게 알려 줘, 알려 줘. 이 인간에 관한 얘기도 135
좀 해 줘.

마리아   그러시다면 그는 때로 좀 청교도 같아요.

앤드루 경   오, 내가 그 생각을 했더라면 그를 개처럼 패 줬을
텐데.

토비 경   아니, 청교도이기 때문에? 사랑하는 기사여, 그대의 140
희한한 이유는?

앤드루 경   희한한 이유는 없답니다, 충분하고도 남을 이유는
있지만.

마리아   그는 청교도 개나발은커녕 무엇에도 한결같지 않은
기회주의자일 뿐이고 높은 사람들의 말을 외워 마 145
구잡이로 쏟아 내는 허풍선이 바보예요. 자기가 제
일 잘났다고 생각하고 탁월한 자질로, 자기 생각엔,

43

너무 꽉 차 있어서 자기를 쳐다보는 모든 이가 자기를 사랑한다고 굳게 믿고 있는데, 이런 그의 악덕에서 전 복수할 뚜렷한 근거를 찾아낼 거예요.   150

토비 경   어쩔 건데?

마리아   그가 다니는 길에 좀 모호한 연애편지를 떨어뜨릴 텐데, 거기에서 그는 자신의 모습이 수염 색깔, 다리 생김새, 걸음걸이, 눈 표정, 이마와 피부색으로 아주 생생하게 그려져 있다는 걸 알아낼 거예요. 전 당신   155 질녀인 아씨와 아주 비슷하게 글을 쓸 수 있어요. 내용을 잊어버렸을 땐 우린 서로의 필체를 구분할 수 없답니다.

토비 경   빼어나군, 난 계책을 냄새 맡았어.

앤드루 경   내 코에까지도 왔어요.   160

토비 경   그는 자네가 떨어뜨릴 편지를 두고 그게 내 질녀한테서 나왔으며 그녀가 자기를 사랑한다고 생각하겠지.

마리아   제 목적은 정말이지 그런 색깔의 말이에요.

앤드루 경   근데 당신 말이 이제 그를 노새로 만들겠군요.

마리아   바보 노새가 틀림없죠.   165

앤드루 경   오, 이건 감탄스러울 거야.

마리아   더없는 오락을 보장할게요. 제 약이 그에게 효험이 있을 줄로 압니다. 전 당신 둘을 — 또 셋째 사람으로 바보를 — 그가 편지를 발견할 곳에 심어 둘 거예요. 그자의 해석을 지켜보세요. 오늘 밤엔 이만 자고   170 결과나 꿈꾸세요. 잘 있어요.   (퇴장)

토비 경   잘 자요, 아마존의 여왕님.

174행 비글
작은 사냥개.

179행 되찾지
그녀를 얻는다는 말이지만 투자금을
회수한다는 뜻도 있다.

십이야

44

앤드루 경	분명코 훌륭한 여잡니다.
토비 경	그녀는 비글 순종이고 날 사모하는 여인이오. 그게
	어쨌단 말이오?

앤드루 경   나도 한때 사모받았어요.

토비 경   자러 가요, 기사. 당신은 돈을 더 보내 달라고 해야
           겠어요.

앤드루 경   내가 당신 질녀를 되찾지 못한다면 알거지가 될 거요.

토비 경   돈을 보내라고 해요, 기사. 끝까지 그녀를 갖지 못한   180
          다면 날 꼬리 잘린 말이라고 불러요.

앤드루 경   안 그런다면 절대 날 믿지 마시오, 내 말을 어찌 받
           아들이든지 간에.

토비 경   자, 자, 난 따끈한 포도주나 마시겠소. 지금 자러 가
          기엔 너무 늦었소. 가요, 기사, 가요, 기사. (함께 퇴장)   185

2막 4장

오르시노, 비올라, 큐리오 및

그 밖의 사람들 등장.

오르시노   음악 좀 들려 다오. 친구들, 좋은 아침.

자, 세자리오, 우리가 간밤에 들은 노래

바로 그 흘러간 옛 노래 말인데

발 빠르고 어지럽게 돌아가는 이 시절의

가벼운 노래와 머리 굴린 말씨보다   5

내 고통을 정말로 크게 덜어 준 것 같아.

2막 4장 장소
공작의 궁정.

	자, 한 곡조만.
큐리오	노래를 불러야 할 친구가 황공하옵니다만 여기에 없습니다.
오르시노	누구였지?
큐리오	각하, 광대 페스테였습니다. 올리비아 아씨의 아버지가 많이 즐거워했던 그 바보 말입니다. 그 집 어딘가에 있을 것입니다.
오르시노	찾아내라. 그동안엔 그 곡을 연주하고.

(큐리오 퇴장. 음악이 연주된다.)

(비올라에게) 얘, 이리 와. 네가 만약 사랑하게 되거든
감미로운 그 아픔 속에서 날 기억해 다오.
참사랑의 연인들은 모두 다 나와 같이
사랑하는 사람의 끊임없는 영상 속에
잠겼을 때 말고는 뭇 감정에 흔들리고
변덕이 죽 끓듯 해. 이 곡조가 맘에 들어?

비올라	사랑 신이 앉아 있는 바로 그 옥좌에 메아리를 보내네요.
공작	대가 같은 말이구나.

맹세코 네 나이는 어리지만 그 눈은
사랑하는 얼굴에 머문 적이 있었어.
얘야, 안 그랬어?

비올라	조금요, 공작님 덕분에.
공작	어떤 여자였는데?
비올라	피부가 공작님 같았어요.
공작	그럼 네겐 안 어울려. 나이는 어땠는데?
비올라	각하와 비슷했답니다.
공작	너무 많아, 정말이야. 여자는 언제나 연상을 택해야 자신을 그에게 맞추고

남편의 마음을 한결같이 사로잡아.

왜냐하면 우리가 아무리 자신을 칭찬해도

우리의 연정은 여자들의 것보다

더욱 변덕스럽고 굳건하지 못하며

더 많이 갈망하고 요동치며 더 빨리　　　　　　35

사라지고 닳아 버려.

비올라　　　　　　　　　잘 알고 있습니다, 각하.

오르시노　그렇다면 너보다 어린 애인 두라고.

안 그러면 네 애정은 팽팽함을 유지 못 해.

여자들은 장미와 같아서 아름다운 그 꽃은

일단 피면 바로 그 시각에 지니까.　　　　　　40

비올라　그들은 그렇지요. 아, 그들이 그렇다니,

완벽해지려는 바로 그때 죽다니.

　　　　(큐리오와 페스테 등장.)

오르시노　(페스테에게) 이 녀석, 간밤에 들었던 그 노래 좀 해 봐.

주목해, 세자리오, 예스럽고 단순해.

직녀들과 햇볕 아래 양털 짜는 사람들　　　　　　45

근심 없는 처녀들이 뼈 막대에 실 감으며

부르곤 했었지. 간단한 진실을 얘기하며

사랑의 순수함을 지나간 시절처럼

희롱하는 노래야.

페스테　각하, 준비되셨습니까?　　　　　　50

오르시노　그래, 불러 봐.

페스테　(노래한다.)

　　　　어서 오라 죽음이여, 어서 오라,

　　　　측백나무 슬픈 관에 날 뉘어라.

　　　　사라져라 목숨이여, 사라져라,

　　　　곱고 독한 아가씨가 날 죽였다.　　　　　　55

주목 가지 잔뜩 꽂은 내 흰 수의,

오, 그것을 준비하라.

나보다 더 충실한 이 그 누구도

죽은 적 없었다.

예쁜 꽃은 한 송이도, 한 송이도   60

나의 검은 관 위에 놓지 마오.

내 뼈를 묻을 곳에, 시신에 절하러

친구 하나, 친구 하나 오지 마오.

한숨을 천 번, 천 번, 아끼려면

참사랑의 슬픈 연인   65

무덤에 와 절대 울지 못하는 곳

오, 거기에 날 묻어 주오.

오르시노 수고했다, 받아라.   (돈을 준다.)

페스테   수고라뇨, 각하, 전 노래하는 게 기쁜데요.

오르시노 그럼 네가 기쁜 값을 치르겠다.   70

페스테   맞습니다, 각하, 그리고 기쁨은 언젠가 그 대가를
         치를 것입니다.

오르시노 이젠 너를 떠날 허락, 허락해라.

페스테   이제 저 우울한 신께서 당신을 보호해 주시고 양복
         장이는 당신에게 오색 명주 저고리를 지어 주기 바   75
         랍니다, 당신 마음은 진짜 오팔이니까요. 전 그런
         일관성을 가진 사람들을 바다로 내보내 만사가 그

74행 우울한 신
사투르누스로, 로마 신화에서 농경의
신이며 점성술에서는 우울한 기운을
지배하는 행성과, 그리고 연금술에서는
납과 동일시된다. (아든)

76행 오팔
플리니우스에 의하면 오팔은 '홍옥이나
루비의 불꽃, 자수정의 화려한 자주색,
에메랄드의 푸른 바다 빛, 그리고 온갖
반짝이는 색깔이 믿을 수 없는 방식으로
섞여 있다.'고 한다. (아든)

십이야

들의 볼일이 되고 도처에 뜻을 두게 만들고 싶습
니다, 왜냐하면 바로 그게 여행을 언제나 멋진 헛일
로 만드니까요. 안녕히 계십시오.　　　　　(퇴장)　80

오르시노　나머지도 물러가라.

　　　　　(오르시노와 비올라만 남고 모두 퇴장)

다시 한번, 세자리오,
저 건너 잔인함의 지존을 방문하라.
가서 말해, 세상보다 더 귀한 내 사랑은
더러운 땅의 양에 가치 두지 않는다고.
난 행운이 그녀에게 하사한 부분을　　　　　85
행운만큼 경박하게 여긴다고 말해 줘라.
하지만 내 영혼은 자연이 꾸며 놓은
기적 같은 그 보석의 여왕에게 끌린단다.

비올라　하지만 당신을 사랑할 수 없다면요?

오르시노　그런 답은 못 받는다.

비올라　　　　　　참, 하지만 받으셔야.　　　　　90
만약 어떤 숙녀가 — 혹 있을지 모르지요 —
올리비아 아씨 향한 당신의 아픔만큼
큰 사랑을 품었는데, 당신은 사랑할 수
없다고 말해요. 그녀는 만족해야 하잖아요?

오르시노　여자의 옆구리론 이렇게 강력하게　　　　　95
내 가슴을 두드리는 사랑의 격정을
감당하지 못한단다. 여자 가슴 크기로는
그만큼 못 담아. 보존력이 부족해.
아, 여자들의 사랑은 식욕이라 할 수 있어,
간이 아닌 혓바닥의 감정이기 때문에　　　　　100
물리고 싫증 내고 반발하게 된다고.
하지만 내 사랑은 바다처럼 배고프고

49

바다처럼 소화해. 비교하지 말아야지,
여자가 내게 품을 사랑과 내가 지닌
올리비아 사랑을.

비올라 　　　　　　　네, 하지만 전 아는데 — 　　　　　105

오르시노 네가 뭘 아는데?

비올라 여자들의 남자 사랑 어떤지 너무 잘 알지요.
참말로 그들의 진심은 우리와 같답니다.
아버지의 딸 하나가 남자를 사랑했죠.
제가 만약 여자 되어 — 혹시 가능하다면 — 　　　　　110
각하를 사랑하듯.

오르시노 　　　　　　　그래서 그녀의 얘기는?

비올라 텅 비었죠. 자신의 사랑을 절대로 내색 않고
꽃눈 속 벌레처럼 숨긴 채 붉은 뺨을
파먹게 놔뒀지요. 그녀는 상념으로 야위었고
시퍼렇고 싯누런 우울증에 걸려서 　　　　　115
비탄 보고 미소 짓는 인내의 석상처럼
앉아 있었답니다. 이게 진정 사랑이 아닐까요?
남자들은 말과 맹세 많이 해도 실제로는
의지보다 겉치레가 더 많지요. 우린 항상
서약은 많이 하나 사랑은 조금만 하니까요. 　　　　　120

오르시노 하지만 얘, 네 누이는 사랑하다 죽었어?

비올라 제 아버지 집안에서 제가 모든 딸이고
모든 아들입니다만, 그래도 모르겠습니다.
각하, 이 숙녀께 갈까요?

오르시노 　　　　　　　그래 그게 본론이야.
급히 가서 이 보석을 건네주고 내 사랑은 　　　　　125
양보도 거절도 못 받아들인다고 전해라. 　　(퇴장)

2막 5장

토비 경, 앤드루 경, 파비안 등장.

토비 경	같이 가, 파비안 군.
파비안	그럼요, 갈 겁니다. 이 장난을 티끌만큼이라도 놓친다면 전 우울증이 끓어올라 죽을 겁니다.
토비 경	자넨 이 짠돌이 불한당, 양이나 깨무는 개자식이 두드러진 수모를 당한다면 즐겁지 않겠어?
파비안	기뻐 날뛸 겁니다. 여기서 곰 놀리기 했다고 그가 저를 아씨의 눈 밖에 나게 한 일 아시잖아요.
토비 경	그를 화나게 만들려고 우린 곰을 다시 불러와 그가 붉으락푸르락하도록 골려 줄 거라네. 안 그래요, 앤드루 경?
앤드루 경	그렇게 못 한다면 우리 일생의 수치지요.

(마리아 등장.)

토비 경	여기 그 악동이 왔구먼. 잘 있었어, 금쪽같은 인도 아가씨?
마리아	세 사람 다 그 회양목 안으로 들어가요. 말볼리오가 이 길 따라 내려와요. 그는 저기 햇살 아래에서 삼십 분 동안이나 자기 그림자를 상대로 행동거지를 연습했답니다. 웃음거리를 원하시면 그를 살펴보세요. 이 편지 때문에 그가 눈만 멀뚱거리는 백치가 되리란 걸 아니까요. 장난기에 맹세코, 꼭꼭 숨어요! (남자들은 숨고 그녀는 편지를 떨어뜨린다.) 넌 거기

5

10

15

20

2막 5장 장소
올리비아의 저택.

12행 인도
당시 사람들에게는 전설적인 풍요의
나라였다. (아든)

51

있어, 간지럼 태워서 잡아야 할 송어가 저기 오고
있으니까.   (퇴장)

(말볼리오 등장.)

말볼리오   운수일 뿐이야, 다 운수소관이야. 마리아가 언젠가
          말했어, 그녀가 날 좋아한다고. 그리고 난 그녀 스
          스로 이렇게까지 말하는 걸 들었어, 자기가 누굴 좋   25
          아한다면 나 같은 혈색의 사람일 거라고. 게다가 그
          녀는 자기를 위해 일하는 다른 누구보다 나를 더 깊
          은 존경심으로 대한다. 이걸 어떻게 생각해야지?

토비 경   우쭐대는 악당 놈 같으니라고.

파비안   오, 쉿. 저자가 망상에 빠져 희한한 수컷 칠면조가   30
          됐네요. 깃털 세우고 뻐기며 걷는 꼴 좀 봐.

앤드루 경   젠장, 저 악당 놈을 막 패 줄 수 있는데!

토비 경   쉿, 그만.

말볼리오   말볼리오 백작이 되는 거야.

토비 경   아, 악당 놈!   35

앤드루 경   쏴 버려요, 쏴 버려!

토비 경   조용, 조용.

말볼리오   이 일엔 선례가 있어. 스트래치 가문의 아씨가 의상
          담당 향사와 결혼했으니까.

앤드루 경   저런 이세벨을 보겠나!   40

파비안   오, 쉿, 이젠 깊이 빠졌어요. 그가 환상으로 얼마나
          부푸는지 보십시오.

39행 향사
원래 신사의 아래 계급에 속하는
자작농으로 여러 가지 정치적 특권이
허용되어 있었다.

40행 이세벨
헤프거나 화장한 여인이란 뜻. 원래는
성경에 나오는 아합 왕의 과부로 예후 왕을
유혹하려고 치장을 했다가 그에게 책망을
받고 나중에는 개들에게 잡아먹힌다.
(열왕기하 9장 30-37절) (아든.)

십이야

52

말볼리오	그녀와 결혼한 지 석 달이 지났을 때 내가 백작의 자리에 앉아 —
토비 경	오, 투석기로 저놈의 눈을 맞혔으면!
말볼리오	수하들을 주변에 불러 놓고, 난 꽃가지 무늬의 공단 잠옷 차림으로, 잠든 올리비아를 두고 낮 침대에서 나왔으니까 —
토비 경	유황불에 튀길 놈!
파비안	오, 쉿, 쉿.
말볼리오	그런 다음 권력자 티를 내려고 시선을 엄숙하게 한 바퀴 쭉 돌린 뒤에 — 그들이 자기 위치를 알아야 하듯이 나도 내 위치를 안다고 얘기하면서 — 친척 인 토비를 찾으면.
토비 경	족쇄를 채울 놈!
파비안	오, 쉿, 쉿, 쉿! 자, 자!
말볼리오	식구 일곱 명이 공손하게 놀라면서 그를 데려오러 나가겠지. 그동안 난 인상 쓰고, 아마도 시계를 감거 나 아니면 내 — (집사 목걸이를 만지면서) 값진 보석 을 만지작거리겠지. 토비는 다가와 거기에서 내게 무릎 굽혀 절하고.
토비 경	저 자식을 살려 둬?
파비안	우리의 사지를 찢어 침묵을 끌어내더라도 조용해요!
말볼리오	난 그에게 이렇게 손을 내밀겠지, 친근한 내 미소를 근엄한 통제의 눈길로 억누르며 —
토비 경	그런데도 이 토비가 네놈의 입술을 쥐어박지 않는 다고?
말볼리오	말하겠지, ‘토비 아저씨, 내가 운 좋게도 당신 질녀 와 맺어져 이런 말을 할 특권을 가지게 됐는데.’ —
토비 경	뭐, 뭐라고?

45

50

55

60

65

70

말볼리오	'당신은 술버릇을 고쳐야겠어요.'
토비 경	꺼져라, 무뢰한아!
파비안	아니, 참으세요, 안 그러면 우리 계책의 뼈대가 무너 져요.
말볼리오	'게다가 당신은 보물 같은 시간을 낭비하고 있어요, 75 바보 같은 기사와 함께.' —
앤드루 경	그건 나야, 장담하지.
말볼리오	'앤드루 경 말입니다.'
앤드루 경	난 줄 알았어, 많은 이들이 날 바보라고 하니까.
말볼리오	(편지를 본다.) 이게 무슨 용건이야? 80
파비안	멧도요가 이제 덫에 가까이 왔어요.
토비 경	아, 조용. 변덕 귀신께서는 그에게 큰 소리로 읽으 라는 암시를 해 주소서.
말볼리오	(편지를 집어 든다.) 목숨 걸고 이건 아씨의 필체다. 이게 바로 그녀의 '조' 자, '갑' 자, '지' 자이고, 이렇 85 게 커다란 '음' 자와 '문' 자를 쓰시지. 이건 두말할 나위 없이 그녀의 필체야.
앤드루 경	그녀의 '조' 자, '갑' 자, '지' 자라고? 왜 그거지?
말볼리오	(읽는다.) '사랑받는 줄 모르는 이에게 이것과 제 소 원을 전합니다.' 바로 그녀의 말투다! 실례한다, 밀 90 랍아. 부드럽게 — 이 자국은 그녀의 루크레티아 반 지인데 그걸로 봉인을 하시지. 이건 아씨야. 받는 사 람이 누굴까? (편지를 열어 본다.)
파비안	걸려들었다, 오장이 통째로.

81행 멧도요
멍청하기로 유명한 새. 그물로 쉽사리 잡을
수 있다. (아든)

91~92행 루크레티아 반지
로마 신화에서 순결의 상징인 루크레티아의
이미지를 새긴 봉인용 반지. 아마도 그녀가
타르퀴니우스로부터 능욕을 당한 뒤
자결하는 장면을 담았을 것이다. (아든)

말볼리오   (읽는다.) '신만 아는 내 사랑.   95

근데 누구?

입술아, 꼼짝 마라,

아무도 알면 안 돼.'

'아무도 알면 안 돼.' 그다음엔 뭐지? 궁금하게 만

드네. '아무도 알면 안 돼.' 말볼리오, 이게 만약 너   100

라면?

토비 경   허 참, 뒈져라, 오소리야!

말볼리오   (읽는다.) '사모하면 명령할 수 있지만

침묵은 루크레티아의 칼처럼

내 심장을 피 안 나게 꿰뚫었네.   105

말 리 보 오, 내 삶을 지배하네.'

파비안   뻥튀기한 수수께끼네.

토비 경   빼어난 여자라니까.

말볼리오   '말 리 보 오, 내 삶을 지배하네.' 아니, 근데 우선

어디 보자, 어디 보자, 어디 보자.   110

파비안   마리아가 그에게 참 맛있는 독을 준비했네!

토비 경   그리고 황조롱이는 그걸 낚아채려고 날개를 참 세

게도 꺾네!

말볼리오   (읽는다.) '사모하면 명령할 수 있지만.' 그럼, 그녀

는 내게 명령할 수 있다. 난 그녀를 섬기고 그녀는   115

내 여주인이다. 아니 이건 지능이 보통인 누가 봐도

분명해. 아무런 장애물이 없어. 그리고 끝부분 —

그런 글자 배치는 무슨 의미일까? 그것을 내게 있는

무엇과 비슷하게 만들 수만 있다면! 조용히 — (읽

는다.) 말 리 보 오.   120

102행 오소리
악취로 유명한 짐승.(악당이란 구어적인 의미도 덧붙여.) (아든)

토비 경	오 그래, 그걸 맞혀 봐! 놈은 이제 사냥감 냄새를 잃어버렸어.
파비안	그럼에도 이 똥개는 그 냄새가 여우처럼 지독하단 듯이 자기가 찾았다고 짖을 겁니다.
말볼리오	'말.' 말볼리오. '말' — 맞았어, 내 이름의 첫 글자야! 125
파비안	해결할 거라고 했잖아요? 개자식이 냄새는 뛰어나게 맡아요.
말볼리오	'말.' 그렇지만 후속 글자에는 일치점이 없어. 점검해 보면 문제가 있어. '볼' 자가 따라와야 하는데 '리' 자가 오잖아. 130
파비안	그리고 '리' 자로 끝나길 바란다.
토비 경	맞아, 안 그러면 저놈을 '오!' 소리 지르도록 패 줄 거야.
말볼리오	그런 다음 '보' 자가 뒤에 오고.
파비안	맞아, 만약 네게 보는 눈이 뒤에 있다면 앞에 있는 135 행운보다 뒤꿈치 쪽에 비방이 더 많다는 게 보일 텐데.
말볼리오	(읽는다.) 말 리 보 오. 이 위장술은 앞의 것과는 다르네. 그렇지만 약간만 무리하면 내게 꿰맞출 수 있겠어, 이 글자 하나하나가 모두 내 이름에 들어 있으 140 니까. 잠깐, 이제부턴 산문이다. (읽는다.) '이게 만약 당신 손에 떨어지면 숙고해 보세요. 제 신분은 당신보다 높아요. 하지만 고귀함을 두려워하진 마세요. 누구는 고귀하게 태어나고 누구는 고귀함을 이룩하고 또 누구는 고귀함을 떠안게 된답니다. 당신 145 의 운명이 손을 벌렸으니 혈기와 기개로 그것을 포옹하고 앞으로 다가올 법한 당신의 모습에 익숙해지며 미천한 허물을 벗어 버리고 새롭게 보이세요.

십이야

친척을 적대시하고 하인들에겐 퉁명하며 입으론
국사를 논하고 독특한 습관을 익히도록 하세요. 당 150
신을 위해 한숨짓는 사람이 이렇게 조언한답니다.
기억하세요, 당신에게 노란 양말을 추천하고 항상
교차 대님 맨 것을 보고 싶어 하는 사람이 누군지. —
꼭 기억하세요. 그래요, 당신은 팔자를 고쳤어요,
원하기만 한다면. 싫다면 난 당신을 언제나 집사로, 155
하인들의 친구로, 운명 여신의 손을 만져 볼 가치가
없는 사람으로 보렵니다. 안녕. 당신과 직무를 바꾸
고 싶은

　　　　　　　행운 속에서 불행한 여자.'
대낮의 들판도 더 보여 주지는 못한다. 이건 명백해. 160
난 거만해지고 정치를 다루는 작가들을 읽으며 토
비 경을 멸시하고 저속한 교제는 다 끊어 버리고 완
벽하게 바로 그 남자가 될 것이다. 난 이제 스스로
바보가 되어 상상에 속아 넘어가진 않겠다, 왜냐하
면 모든 이치가 아씨가 날 사랑하신다는 사실을 일 165
깨워 주니까. 그녀는 최근 내게 노란 양말을 정말
추천하셨고 교차 대님 맨 내 다리를 정말 칭찬하셨
으며, 이를 통해 나에 대한 사랑을 명백히 하셨고
일종의 지시로서 그녀가 좋아하는 이런 복식을 내
게 강요하신다. 난 내 별들에게 감사한다. 난 행운아 170
다. 난 쌀쌀맞을 것이고 거만할 것이며 노란 양말을
신고 교차 대님은 옷 입는 만큼 잽싸게 맬 것이다.
운수 대통이구나! 여기 추신이 있네. (읽는다.) '당
신은 내가 누군지 알 수밖에 없겠지요. 만약 당신이
내 사랑을 수용한다면 미소로 그걸 드러내세요. — 175
미소는 당신에게 잘 어울린답니다. 그러니 내가 있

57

는 곳에서는 항상 웃음을 지어요, 사랑하는 자기, 부탁해요.' 조브시여, 감사합니다. 전 미소 짓겠습니다, 당신께서 하기 바라는 모든 걸 하겠습니다. (퇴장)

파비안   전 페르시아 황제의 연금 몇 천을 받는대도 이번 장   180
             난에서 제 몫을 내놓진 않을 겁니다.

토비 경   이 계책의 대가로 난 이 여자와 결혼할 수도 있어 ―

앤드루 경   나도 할 수 있어요.

토비 경   그리고 이런 장난 한 번 더 하는 것 말고 다른 지참   금은 필요 없다네.   185

                 (마리아 등장.)

앤드루 경   나도 필요 없어요.

파비안   여기 바보 잡는 고귀한 아가씨가 왔네요.

토비 경   (마리아에게) 자네, 내 목에 발 올려놓을 테야?

앤드루 경   아니면 내 목은 어때요?

토비 경   내가 삼 땡에 자유를 걸고 자네의 노예가 돼 볼까?   190

앤드루 경   진짜, 나도 그럴까요?

토비 경   아니, 자넨 그자에게 너무 큰 꿈을 꾸게 했어. 환상   이 사라지면 그는 미칠 수밖에 없을 거야.

마리아   아니, 진실을 말해 줘요, 효과가 있었어요?

토비 경   산파의 독한 술처럼 있었지.   195

마리아   그럼, 이 장난의 결실을 보시려면 그가 아씨에게 처   음 다가갈 때를 잘 보세요. 그는 노란 양말을 신고 ―   그건 아씨가 혐오하는 색깔이랍니다. ― 그리고 교   차 대님을 ― 그녀가 혐오하는 유행이죠. ― 하고 와   서는 그녀에게 미소를 지을 텐데, 그건 우울증에 중   200

195행 산파의 … 술
브랜디처럼 산파들이 쓰는 술. 이론적으로는 환자를 되살려 내기 위한 것이지만 실제로는 자기네들을 위로하기 위한 것. (아든)

십이야

58

독된 그녀의 현재 기분과는 너무나 동떨어져 그는
두드러진 경멸의 대상이 될 수밖에 없을 거예요. 그
걸 보시겠다면 따라오세요.

토비 경   지옥 문까지라도, 귀신같이 빼어난 재주 가진 그대여.

앤드루 경   나도 함께할 거요.   (함께 퇴장)   205

3막 1장

비올라와 피리 불고 북 치는 페스테 등장.

비올라   안녕, 친구, 그리고 자네 음악도. 자네는 북을 끼고
        사는가?

페스테   아뇨, 전 교회를 끼고 사는데요.

비올라   성직자란 말인가?

페스테   그런 게 아닙니다. 전 정말 교회를 끼고 사는데, 왜   5
        냐하면 전 정말 제 집에서 살고 제 집은 정말 교회
        를 끼고 서 있으니까요.

비올라   그럼 만약 거지가 왕 근처에 머물면 자넨 왕이 거지
        를 끼고 누웠다고 하겠네. 또는 자네 북이 교회를
        끼고 서 있으면 교회가 자네 북을 끼고 서 있다고   10
        할 수도 있고.

광대   말씀하신 그대롭니다. 세태를 보십시오! 훌륭한 재
        담꾼에게 한 문장은 고무장갑일 뿐입니다. 아주 빠
        르게 안팎이 뒤집힐 수 있지요.

비올라   맞아, 그건 분명해. 말을 교묘하게 갖고 노는 사람   15

3막 1장 장소
올리비아의 정원.

59

들은 그걸 재빨리 음탕하게 만들 수 있으니까.

광대 그래서 제 누이에겐 이름이 없었으면 좋겠어요.

비올라 왜 그런데?

광대 그야, 그녀의 이름은 말이고 그 말을 교묘하게 갖고 놀다 보면 제 누이가 음탕해질 수도 있으니까요. 하 20 지만 정말이지 말은 계약서에게 망신을 당한 뒤로 아주 불한당이 됐답니다.

비올라 이유가 뭔데?

광대 참말로, 전 말 없이는 아무런 이유도 내놓을 수 없는 데다 말이란 게 너무 가짜가 많아져서 그걸로 이 25 유를 대기는 싫습니다.

비올라 장담컨대 자네는 유쾌한 친구야, 그리고 아무것에도 관심 없어.

광대 아뇨, 무언가에는 관심 있죠. 하지만 솔직히 전 당신에겐 관심 없답니다. 그게 만약 아무것에도 관심 30 없는 거라면 그런 이유로 당신이 안 보였으면 좋겠네요.

비올라 자넨 올리비아 아씨의 바보가 아닌가?

광대 사실은 아닙니다, 올리비아 아씨에겐 바보가 없으니까요. 결혼하기 전까진 바보를 두지 않으실 텐데, 바 35 보와 남편은 청어와 정어리의 관계와 같답니다. — 남편이 좀 더 크지요. 사실 전 그녀의 바보가 아니고 그녀의 언어 타락사랍니다.

비올라 난 최근 자네를 오르시노 백작 댁에서 봤어.

광대 바보짓은 지구 위를 태양처럼 걸어 다닌답니다. 모 40 든 곳을 다 비추죠. 이 바보가 제 여주인만큼이나 자주 당신 주인님과 함께하지 않는다면 제가 서운해야겠죠. 거기에서 지혜 님, 당신을 뵌 것 같네요.

비올라　아니, 자네가 날 찌른다면 더 이상 함께하지 않겠어.
　　　　자, 이건 용돈이야.　　　　　　　(동전을 준다.)　45

광대　　조브께서 다음에 털을 배분하실 땐 당신에게도 턱
　　　　수염을 주시기를.

비올라　참말로 단언컨대 나도 그걸 애타게 갖고 싶어, 물론
　　　　내 턱에 털이 자라는 건 싫지만. 아씨께선 안에 계셔?

광대　　이런 게 쌍으로 있으면 새끼 치지 않겠어요?　　50

비올라　맞아, 둘을 합쳐 이자 놀이를 한다면.

광대　　전 프리기아의 판다로스 경이 되어 이 트로일로스에
　　　　게 크레시다 한 명을 데려올까 합니다.

비올라　자네 말 알아들었네, 구걸 한번 잘했어.
　　　　　　　　　　　　　　　　　(동전을 하나 더 준다.)

광대　　거지일 뿐인 사람에게 제가 구걸하는 게 큰 문제는　55
　　　　아니길 바라는데, 크레시다는 거지였죠. 아씨는 안
　　　　에 계십니다. 그들에게 당신이 어디에서 왔는지 통
　　　　역해 주죠. 당신이 누구이고 원하는 게 뭔지는 제
　　　　구역 밖에 있답니다. '영역'이란 말을 쓸 수도 있었
　　　　지만 너무 낡은 단어라서요.　　　　　　(퇴장)　60

비올라　이 친구는 바보 역을 할 만큼 현명하고
　　　　그걸 잘하려면 일종의 지능이 요구된다.
　　　　그는 그가 놀려먹을 사람들의 기분과
　　　　그들의 성격 및 때를 잘 살핀 다음
　　　　야생의 매처럼 눈앞에 보이는 날짐승은　　　　　65

52~53행 프리기아 ... 합니다
프리기아는 소아시아에 있던 고대 국가이고
트로이가 거기에 소속되어 있었다고
추정된다. 그리고 크레시다의 삼촌인
판다로스는 트로일로스가 그녀에게 구애할
때 중매쟁이 역할을 하였다. 페스테는

자신의 학식을 단지 동전 한 푼을 더 얻기
위해 사용한다. (아든)
55행 거지일 뿐인
페스테는 자기와 비올라의 처지가 같다고
본다.

뭐든지 뒤쫓아야 하니까. 이 직업은
현자의 기술만큼 각고의 노력이 필요한데
그가 하는 현명한 바보짓은 적절하나
바보가 된 현자들은 멍청하기 때문이다.
(토비 경과 앤드루 경 등장.)

토비 경　안녕하시오, 신사 양반.　　　　　　　　　　　70

비올라　안녕하십니까.

앤드루 경　디외 부 가르드, 무슈.

비올라　에 부 조시, 보트르 세르비퇴르.

앤드루 경　그러기를 바라고 나도 그렇소.

토비 경　이 집과 대면하렵니까? 내 질녀는 당신이 자기와 거　75
래할 일이 있다면 들어오길 바라오.

비올라　난 당신 질녀 쪽으로 향하고 있소. — 내 말은 그녀
가 내 항해의 종착지란 뜻이오.

토비 경　당신의 다리를 맛보고 작동시켜 보시오.

비올라　이 다리는 그걸 맛보라는 당신 뜻을 내가 알아듣는　80
것보다 나를 더 잘 알아 모신답니다.

토비 경　내 말은 걸어서 들어가란 뜻이오.

비올라　걸음과 입장으로 답하겠습니다.
(올리비아와 마리아 등장.)
하지만 우린 선수를 뺏겼군요. (올리비아에게) 최고
로 빼어난 완벽한 아씨여, 하늘은 그대에게 향기를　85
내리소서.

앤드루 경　(방백) 저 청년은 대단한 궁정인이야, '향기를 내려
라.' — 좋았어!

비올라　아씨, 수용력과 아량이 가장 큰 당신 귀가 아니면

72~73행 디외 ... 세르비퇴르
프랑스어로 주고받은 인사말. '하느님의 가호를 빕니다.' 그리고 '당신께도, 당신의 하인이.'

십이야

	제 용무를 말할 수 없습니다.	90
앤드루 경	(방백) '향기'에다 '수용력'과 '아량'이라. — 이 셋	
	모두를 곧바로 준비해야지.	
올리비아	정원 문을 닫도록 하고 홀로 듣게 물러가라.	
	(토비 경, 앤드루 경과 마리아 함께 퇴장)	
	당신 손을 이리 줘요.	
비올라	아씨께 경의와 최고의 존경을 바칩니다.	95
올리비아	당신의 이름은?	
비올라	당신 하인 이름은 세자리오입니다, 공주님.	
올리비아	내 하인이라고요? 꾸며 낸 이 저자세가	
	예의라고 불린 이래 좋은 시절 다 갔지요.	
	젊은이는 오르시노 백작의 하인이오.	100
비올라	그분이 당신 거면 그분 것도 당신 거죠.	
	당신의 하인의 하인은 당신 하인이랍니다.	
올리비아	그 사람, 난 그를 생각하지 않아요. 그의 생각,	
	나로 꽉 차 있기보단 허공이면 좋겠네요.	
비올라	아씨, 이 몸은 그분 위해 온화한 당신 생각	105
	자극하러 왔습니다.	
올리비아	오, 실례지만 바라건대	
	다시는 그분 얘기 하지 말라 했잖아요.	
	하지만 만약에 다른 청이 있다면	
	그것을 애원하는 당신 말을 듣는 게	
	천체들의 음악보다 낫겠어요.	
비올라	경애하는 —	110
올리비아	간청컨대 말하게 해 줘요. 당신이 지난번	

97행 공주님
비올라는 올리비아의 계급을 기분 좋게끔 올려 두 사람을 갈라놓는 사회적인 신분의 벽을
강조한다. (아든)

여기에서 마법을 건 뒤에 당신을 뒤쫓아
반지 하나 보냈어요. 그래서 난 자신과
하인과 심지어는 당신까지 속였어요.
부끄러운 꾀를 부려 당신 것이 아닌 줄   115
알고 있는 물건을 강요했던 이 사람은
중벌을 받아야만 합니다. 어떻게 생각해요?
당신은 내 명예를 말뚝에 묶어 놓고
잔혹한 악심의 입마개를 모두 풀어
물게 하지 않았어요? 당신 같은 눈치라면   120
충분히 보았어요, 내 마음을 가리는 건
가슴 아닌 망사니까. 당신 말을 들려줘요.

비올라   동정하오.

올리비아   사랑으로 한 발짝 나갔네요.

비올라   아, 천만에요, 흔해 빠진 일이지만 우리는
적들조차 너무 자주 동정은 하니까요.   125

올리비아 그렇다면 내가 다시 미소 지을 때로군요.
세상에, 불쌍한 게 빨리도 오만해지는구나!
기왕에 먹이가 될 거라면 늑대보다
사자에게 당하는 게 얼마나 더 나은가!

(시계가 친다.)

시간 낭비 말라고 시계가 날 꾸짖는군.   130
겁내지 마세요, 청년을 원하진 않을 테니.
하지만 기지와 젊음이 결실을 맺을 때면
당신의 아내는 멋진 남편 거두게 될 거예요.

110행 천체들의 음악
프톨레마이오스의 우주에서는 하늘에서
원을 그리는 천체들이 아름다운 화음을
만들어 낸다고 믿었다. (아든)

118~120행 당신은 ... 않았어요?
곰 놀리기의 비유. 1막 3장 85행의 주 참조.
126행 내가 ... 때로군요
당신이 날 거절하니까 난 세상 사람들에게
더 용감한 모습을 보여야 하겠군요. (아든)

당신 갈 길, 서쪽이오.

비올라   그럼 자, 서쪽으로.

은총과 평안이 아씨와 함께하길.   135

저를 통해 주인님께 하실 말씀 없으신지?

올리비아   멈춰요 — 나를

어찌 생각하는지 제발 좀 말해 줘요.

비올라   당신은 당신이 아니라고 생각한다, 그렇게요.

올리비아   내 생각이 그러면 당신도 같다고 생각해요.   140

비올라   그건 맞는 생각이오, 난 내가 아니니까.

올리비아   당신이 내 소망 속의 사람이면 좋겠어요.

비올라   그것이 지금의 나보다 더 나은 사람이오?

그렇길 바라오, 지금 난 당신의 바보니까.

올리비아   (방백) 오, 저 입술의 경멸과 분노에 담겨 있는   145

저 많은 조소는 얼마나 아름다워 보이는가!

살인죄도 감추려는 사랑보다 더 빨리

드러나진 못하리라. 사랑의 한밤은 대낮이다.

— 세자리오, 난 그대를 봄날의 장미와

처녀성과 순결, 진실, 그리고 모든 것을   150

다 걸고 사랑해요. 그래서 그대의 온갖 오만,

기지와 논리로도 내 열정은 못 덮어요.

내가 구애하니까 구애할 이유 없단 전제에서

거절할 논리를 억지로 끌어내진 마세요.

차라리 논리로 논리를 이렇게 억눌러요,   155

찾아낸 사랑도 좋지만 절로 오면 더 좋다고.

비올라   순수성에 그리고 제 젊음에 맹세코

저에겐 한 마음, 한 가슴, 한 진실뿐인데

그 어떤 여자도 그걸 갖지 못했고 저 말고는

그 누구도 절대 그걸 맘대로 못 합니다.   160

	그러니 안녕히 계십시오. 다시는 당신께
	주인님의 눈물로 호소하지 않겠어요.
올리비아	하지만 또 와요. 혐오하는 이 마음을
	그분 사랑 좋아하게 돌릴 수도 있으니까. (함께 퇴장)

3막 2장

토비 경, 앤드루 경, 파비안 등장.

앤드루 경	아니, 정말, 난 한시도 더 머물지 않겠소.	
토비 경	이유를, 독기 품은 양반아, 이유를 대 봐요.	
파비안	앤드루 경, 당신은 이유를 내놓아야 할 필요가 있답니다.	
앤드루 경	원 참, 난 당신 질녀가 백작의 하인에게 호의를 베푸는 걸 봤어요, 지금까지 내게 준 것보다 더 많이요. 과수원에서 봤다고요.	5
토비 경	그럴 때 그녀가 당신을 봤는가, 이 늙은 소년아? 말해 봐요.	
앤드루 경	지금 내가 당신을 보듯이 분명히요.	10
파비안	이건 그녀가 당신에게 사랑을 품었다는 커다란 증거랍니다.	
앤드루 경	제기랄! 날 멍청이로 만들 작정인가?	
파비안	제 말이 논리적이란 걸 보여 드리죠, 판단력과 이성에 맹세코요.	15
토비 경	그런데 그 둘은 노아가 뱃사람이 되기 전부터 쭉 대	

3막 2장 장소
올리비아의 저택.

배심원들이었지.

파비안　그녀가 당신이 보는 앞에서 그 청년에게 호의를 베
풀 건 당신을 약 올리고 생쥐 같은 당신의 용기를
일깨우며 심장은 불붙이고 간에는 유황을 넣으려는　20
것뿐이었답니다. 그럴 때 그녀에게 접근하여 갓 찍
어 낸 동전처럼 빼어난 몇 가지 농담으로 그 청년을
어안이 벙벙하게 만들었어야 했다고요. 그런 일을
당신에게 바라고 있었는데 당신은 주춤했단 말입니
다. 당신은 금박을 두 번 입힌 기회를 때를 놓쳐 허　25
비했고, 이젠 아씨의 평가에서 북쪽으로 내몰려 네
덜란드인 수염 끝의 고드름처럼 매달려 있게 될 겁
니다. 만약 당신이 우러러볼 만한 용기나 잔꾀를 부
려 실수를 만회하지 못한다면 말이지요.

앤드루 경　길이 있다면 그건 용기여야 해, 잔꾀는 싫으니까. 꾀　30
보보단 차라리 회중파 신도가 되겠어.

토비 경　그렇다면 용기를 토대로 당신의 행운을 쌓아 봐요.
백작 수하 젊은이에게 도전장을 보내고 상처를 열
한 군데 입히라고요 ― 질녀가 그걸 주목할 테니까.
그리고 확신컨대 사랑 중매쟁이가 여자에게 남자를　35
추천할 때 용기가 있단 평판보다 더 강력한 건 이 세
상에 없답니다.

파비안　이 길밖에 없어요, 앤드루 경.

앤드루 경　둘 중 한 사람이 내 도전장을 그에게 전달하겠소?

토비 경　가서 싸움 거는 투로 써요, 성깔 있고 짧게. 얼마나　40
재치 있느냐는 문제가 안 돼요, 유창하고 창의력이

31행 회중파
1581년에 로버트 브라운이 세운 극단적인 청교도의 일파로 정교 분리를 주장하였다.
앤드루 경처럼 무식한 사람도 비국교도 종파를 잘 알고 있다는 사실은 이 문제에 대한 당시
대중들의 관심도를 말해 준다. (아든)

넘치면 되니까. 잉크의 자유를 빌려 그를 매도해요.
세 번쯤 너라고 해도 크게 빗나가진 않을 것이며 거
짓말을 편지지에 들어갈 수 있는 만큼 많이 적어 넣
어요, 그 종잇장이 잉글랜드의 웨어 읍 침대만큼 크   45
다 할지라도. 자, 시작해요. 잉크에 쓸개즙을 듬뿍
넣고, 거위 깃펜으로 써도 상관없어요. 시작해요.

앤드루 경   어디에 있을 겁니까?

토비 경   당신 골방으로 우리가 찾아갈 거요. 가요.

(앤드루 경 퇴장)

파비안   토비 경, 이이가 당신에겐 값비싼 인형이군요.   50

토비 경   이봐, 그에게 난 비싼 사람이었어, 이천 가량이나 뜯
어냈으니까.

파비안   우린 아주 희한한 편지를 받을 텐데, 전달하지 않을
거지요?

토비 경   않는다면 절대 날 믿지 마. 그리고 그 청년도 어떻게   55
든 응하도록 부추겨야지. 황소 마차 밧줄로 끌어도
그 둘을 붙여 놓진 못할 거야. 앤드루로 말하면 그
의 몸을 열고 간에서 벼룩의 발 하나가 잠길 만큼의
피라도 발견된다면 나머지 시체는 내가 먹어 치우지.

파비안   맞상대인 젊은이 또한 얼굴에 잔인하다는 징후는   60
크게 없답니다.

(마리아 등장.)

토비 경   저 봐, 아홉 마리 굴뚝새 가운데 막내가 와.

마리아   웃음보를 원한다면 그리고 배 터지게 웃고 싶으면
절 따라오세요. 저 건너 멍청이 말볼리오가 이교도

45행 웨어 ... 침대
엘리자베스 시대의 유명한 침구로 그 크기가
가로 세로 3.35미터나 되었다. (아든)

62행 아홉 ... 막내
가장 작은 새의 가장 작은 새끼. 마리아의
작은 체구에 대한 언급. (아든)

십이야

	가 됐어요, 바로 배교자 말이에요. 왜냐하면 옳게	65
	믿어서 구원받으려는 기독교인이라면 누구도 그토	
	록 얼토당토않게 조잡한 문구는 도저히 믿을 수 없	
	었을 테니까요. 그가 노란 양말을 신었어요.	
토비 경	교차 대님도 했어?	
마리아	가장 구역질 나게, 자기 학교가 없어서 교회에서 가	70
	르치는 선생처럼 했어요. 전 그의 뒤를 살인자처럼	
	밟았어요. 제가 그를 속이려고 떨어뜨린 편지의 지	
	시를 그는 모조리 따르고 있답니다. 웃음 짓는 얼굴	
	엔 양쪽 인도를 추가한 새 지도에 그려진 선만큼이	
	나 많은 주름이 잡혔는데, 그런 꼴은 본 적이 없을	75
	거예요. 뭘 집어던지고 싶은 맘을 참을 수 없답니다.	
	아씨는 분명 그를 때리실 거예요. 그러면 그는 웃음	
	지으며 그걸 커다란 호의로 받아들일 거고요.	
토비 경	자, 그가 있는 곳으로 우릴 데려가, 데려가. (함께 퇴장)	

3막 3장

세바스티안과 안토니오 등장.

세바스티안	당신을 난처하게 만들 뜻은 없으나	
	자신의 괴로움을 기쁨으로 생각하니	
	더 꾸짖진 않겠소.	
안토니오	뒤처져 있을 순 없었소. 벼린 칼보다도	
	더 강한 욕망이 나를 자극하였고 당신을	5

3막 3장 장소
길거리.

보고 싶은 욕심뿐만 아니라 — 그런 건
더 먼 길도 떠나게 했을 만큼 컸지만 —
여행 도중 당신에게 무슨 일이 생길까 봐
걱정하는 마음도 있었소. 안내인도 친구도
곁에 없는 이방인에게는 이 지역이 때로는   10
거칠고 불친절하니까요. 사랑으로 기꺼이,
이러한 두려움을 근거로 더더욱
당신을 추적하게 되었소.

세바스티안   친절한 안토니오,
고맙단 말 말고는 다른 답을 할 수 없소.
그래서 고맙소, 영원히. 선행은 때때로   15
이처럼 쓸모없는 푸대접을 받습니다.
하지만 내 재산이 의리만큼 확고하면
당신은 더 나은 대접을 받을 텐데. 뭘 하죠?
이 도시의 유적이나 돌아보면 어떨까요?

안토니오   내일 하죠. 숙소로 가 보는 게 좋겠어요.   20

세바스티안   피곤하진 않아요, 밤이 되긴 아직 멀고.
부탁인데 이 도시를 진정으로 빛내 주는
기념물과 잘 알려진 물건들로 우리 눈을
만족시켜 봅시다.

안토니오   용서해 주시기 바랍니다.
안전하게 이 거리를 걸을 순 없어서요.   25
난 백작의 갤리선과 맞붙은 해전에
참여한 적 있었는데 활약상이 두드러져
여기에서 잡히면 할 말이 없답니다.

세바스티안   그 사람의 백성을 많이 살해했군요.

안토니오   그렇게 피비린 범죄는 아니오,   30
그 시기와 분쟁의 성격으로 봐서는

십이야

	피 흘릴 문제가 될 수도 있었지만.	
	그 뒤로 우리가 빼앗은 걸 되갚아서	
	교역을 위하여 우리 도시 다수가 그러듯이,	
	해결됐을 수도 있소. 나만 참여 안 했고	35
	그 때문에 이곳에서 그들 손에 떨어지면	
	크게 당할 것이오.	
세바스티안	그러면 나다니지 마시오.	
안토니오	그건 내게 맞지 않소. 잠깐만, 지갑이오.	
	남쪽으로 교외에 코끼리 간판 단 여관이	
	가장 묵기 좋은데요. 식사 주문할 테니	40
	즐거운 시간 내어 도시를 둘러보고	
	지식을 키우시오. 난 거기 있을 거요.	
세바스티안	왜 내가 당신의 지갑을?	
안토니오	혹시라도 별것 아닌 물건이 사고 싶어	
	눈이 간다 하더라도 당신의 자금으로	45
	불필요한 지출은 못 할 것 같아서요.	
세바스티안	이 지갑을 지닌 채 한 시간쯤 떠나겠소.	
안토니오	코끼리 여관이오.	
세바스티안	기억해 두지요. (각각 퇴장)	

3막 4장

올리비아와 마리아 등장.

올리비아   (방백) 난 그를 불렀고 그이는 오겠단다.

3막 4장 장소
올리비아의 정원.

71

어떻게 대접할까? 무엇을 선사할까?

청춘은 사는 게 구걸이나 빌림보다 흔하니까.

목소리가 너무 크다.

(마리아에게) 말볼리오 어딨어? 진지하고 예의 발라   5

하인으론 내 처지에 딱 들어맞는다.

말볼리오 어디 있어?

마리아　　오고 있어요, 아씨. 하지만 아주 이상한 태도를 보

　　　　　인답니다. 무엇에 씐 게 분명해요, 아씨.

올리비아　아니, 무슨 일이냐? 헛소리를 하느냐?   10

마리아　　아뇨, 미소 짓는 것밖에는 아무것도 안 해요. 그가

　　　　　오면 아씨께서는 호위를 좀 두는 게 좋겠어요, 그

　　　　　사람 정신이 이상한 게 분명하니까요.

올리비아　이리로 불러와.   (마리아 퇴장)

　　　　　　　　나 또한 그만큼 미쳤다,

　　　　　우울하고 유쾌한 두 광기가 꼭 같다면.   15

　　　(노란 양말을 신고 교차 대님을 맨 말볼리오,

　　　　　　　마리아와 함께 등장.)

　　　　　어떻게 지내나, 말볼리오?

말볼리오　친절한 아씨, 호 호!

올리비아　미소 지어? 난 진지한 일로 불렀는데.

말볼리오　진지해요, 아씨? 저도 진지할 수 있답니다. 이게 피

　　　　　를 상당히 막고 있는데, 이 교차 대님이요. 하지만   20

　　　　　그게 어때서요? 누군가의 눈을 즐겁게 해 준다면

　　　　　제게 이건 '한 사람을 즐겁게 해서 다 즐겁게 한다.'

　　　　　는 진실된 소네트와 같답니다.

올리비아　아니 이봐, 어떻게 된 거야? 무슨 일이야?

말볼리오　제 마음은 어둡지 않습니다, 다리가 노랗긴 하지만.   25

　　　　　그건 분명 그의 손에 들어왔고 명령은 이행될 것입

니다. 우린 아름다운 이탤릭체를 정말 아는 것 같은
데요.

올리비아　침대로 가지그래, 말볼리오?

말볼리오　침대로? 그럼요, 내 사랑, 그대에게 가리다.　　　30

올리비아　하느님 맙소사! 왜 그렇게 미소를 짓고 손에다 키스
를 자주 하지?

마리아　괜찮아요, 말볼리오?

말볼리오　당신이 물어봐? 암, 꾀꼬리도 까마귀에게 답은 하지.

마리아　왜 이렇게 우스꽝스럽게 뻔뻔한 태도로 아씨 앞에　35
나타났죠?

말볼리오　'고귀함을 두려워하진 마세요.' — 좋은 말씀이었어.

올리비아　그게 무슨 뜻이야, 말볼리오?

말볼리오　'누구는 고귀하게 태어나고' —

올리비아　하?　　　　　　　　　　　　　　　　　　　40

말볼리오　'누구는 고귀함을 이룩하고' —

올리비아　뭐라고?

말볼리오　'또 누구는 고귀함을 떠안게 된답니다.'

올리비아　하늘이 회복시켜 주기를!

말볼리오　'기억하세요, 누가 당신에게 노란 양말을 추천했는　45
지.' —

올리비아　노란 양말을?

말볼리오　'또 교차 대님 맨 것을 보고 싶어 했는지.'

올리비아　교차 대님을?

말볼리오　'그래요, 당신은 팔자를 고쳤어요, 원하기만 한다　50
면.' —

올리비아　내가 팔자를 고쳐?

말볼리오　'싫다면 난 당신을 언제나 집사로 보렵니다.'

올리비아　아니, 이건 바로 한여름의 광기잖아.

(하인 등장.)

하인　　　아씨, 오르시노 백작의 젊은 신사가 되돌아왔습니 55
　　　　　다. 그는 아무리 간청해도 돌아가지 않고 아씨의 뜻
　　　　　을 기다리고 있습니다.

올리비아　내가 가겠다.　　　　　　　　　　　(하인 퇴장)
　　　　　마리아, 이 친구를 돌봐 주도록 해. 토비 아저씨는
　　　　　어디 있지? 내 사람 몇에게 그를 특별히 보살피라고 60
　　　　　해. 내 지참금 절반을 걸더라도 그가 잘못되는 일은
　　　　　없었으면 좋겠어.　　　(올리비아와 마리아 함께 퇴장)

말볼리오　오 호, 내 말을 알아들으셨단 말이지요? 토비 경 못
　　　　　지않은 사람이 나를 돌보다니! 이건 편지와 꼭 일치
　　　　　한다. 아씨는 그를 의도적으로 부르셨어, 내가 그에 65
　　　　　게 뻣뻣하게 보일 수 있도록. 편지에서 내게 그걸 부
　　　　　추겼으니까. '미천한 허물을 벗어 버리세요.'라고
　　　　　하셨어. '친척을 적대시하고 하인들에겐 퉁명하며
　　　　　입으론 국사를 논하고 독특한 습관을 익히도록 하
　　　　　세요.' 그리고 이어서 그 방식을 적어 놨어. 예를 들 70
　　　　　면 심각한 얼굴, 정중한 몸가짐, 느린 말씨, 유명 인
　　　　　사의 복장을 하는 것 따위를 말이야. 난 아씨를 꽉
　　　　　잡았어, 하지만 이건 조브가 한 일이고 내가 고마워
　　　　　하는 분은 조브다! 그리고 그녀는 지금 가면서, '이
　　　　　친구를 돌봐 주도록 해.'라고 하셨어. '친구'라고, 75
　　　　　말볼리오나 내 직급이 아니라 '친구'라고! 그래, 모
　　　　　든 게 다 들어맞아. 그래서 한 점의 의혹도 없이,
　　　　　한 점의 한 점도 안 틀리게, 아무런 장애나 황당하
　　　　　거나 불확실한 상황 없이 ─ 무슨 말을 하겠어? ─
　　　　　있을 수 있는 그 무엇도 내 희망이 다 이루어지리라 80
　　　　　는 예상을 막을 순 없다. 글쎄, 내가 아니라 조브가

이 일을 했고 난 그분에게 고마워해야 해.

(토비 경, 파비안과 마리아 등장.)

토비 경 천지신명의 이름으로 그는 어디 있어? 지옥의 모든
악마들이 비좁은 곳에 다 모이고 마왕 자신이 그에
게 씌었대도 난 말을 걸겠다.   85

파비안 여기 있어요, 여기 있어요. (말볼리오에게) 괜찮아
요? 이봐요, 괜찮아요?

말볼리오 저리 가요, 난 당신들을 버렸소. 내 사생활을 즐기
게 해 줘요. 저리 가요.

마리아 저 봐요, 악마가 저 사람 안에서 얼마나 깊은 소리   90
를 내는지. 내가 얘기했잖아요? 토비 경, 아씨께선
당신이 이 사람을 보살피라고 하셨어요.

말볼리오 아 하! 그녀가 그랬어요?

토비 경 자, 자. 조용, 조용, 이 사람은 부드럽게 다뤄야 해.
내게 맡겨. 어떤가, 말볼리오? 괜찮은가? 아니 이보   95
게, 마왕을 물리쳐! 숙고해 봐, 그놈은 인류의 적이야.

말볼리오 뭔 말을 하는지 알고나 있소?

마리아 저 봐요, 당신이 마왕을 나쁘게 말하니까 그가 얼마
나 속상해하는지. 제발 그가 마법에 걸리지 않았기를.

파비안 그의 오줌을 여자 주술사에게 가져가요.   100

마리아 맞아요, 내일 아침에 그리하도록 할게요, 틀림없이.
아씨는 무슨 일이 있어도 그를 잃지 않으려 하세요.

말볼리오 뭐라고, 이 여자야?

마리아 오, 주여!

토비 경 제발 입 좀 다물게, 이런 식으론 안 돼. 자네가 그를   105
화나게 하는 걸 모르나. 내게 맡겨.

파비안 부드러운 방법 말고는 없어요, 부드럽게, 부드럽게.
악마는 거칠어요, 거칠게 다루면 안 됩니다.

토비 경	아니 어때, 멋진 친구? 어떤가, 우리 병아리?
말볼리오	이봐요!	110
토비 경	응, 애야, 나랑 가자. 아니, 이봐, 진중한 사람이 사탄과 공기놀이하면 안 돼. 더러운 석탄 장수는 목을 매 버려!
마리아	기도문을 외우게 만들어요, 토비 경, 기도하게 만들어요.	115
말볼리오	기도문을, 왈가닥이?
마리아	예, 장담컨대 경건한 건 안 들으려 하는군요.
말볼리오	다들 가서 목이나 매요. 당신들은 어리석고 천박한 것들이고 난 당신들과는 질이 달라요. 앞으로 더 알게 될 거요.	120
토비 경	이럴 수가?
파비안	저는 이게 무대에서 지금 공연된다고 해도 믿기지 않는 허구라고 비난할 수 있을 겁니다.
토비 경	이보게, 다름 아닌 그의 수호신이 우리의 계략에 걸려들었어.	125
마리아	아니, 계략이 드러나 김빠지지 않도록 지금 그를 뒤쫓아요.
파비안	그럼 우린 그를 진짜 미치게 만들 겁니다.
마리아	집 안은 더 조용해질 거고요.
토비 경	자, 그를 어두운 방에 넣고 묶어 두자. 질녀는 이미 130 그가 미쳤다고 믿고 있어. 우리의 즐거움과 그의 속죄를 얻어 내기 위해 일을 이런 식으로 끌고 가도 돼, 바로 이 놀이가 맥이 빠져 그에 대한 자비심이 생길 때까지 말이야. 그때쯤 우린 이 계략을 공개

112행 석탄 장수
악마의 검은색을 가리키는 말. (아든)

하고 자네를 미치광이 감별사로 받들어 모실 거야.   135

(앤드루 경 등장.)

근데 봐, 근데 봐.

파비안   오월제 희극의 소제가 더 있네요.

앤드루 경   여기 도전장이 있으니 읽어 봐요. 거기에 식초와 후
추가 들어 있다고 보증합니다.

파비안   그렇게 매워요?   140

앤드루 경   암, 그렇지, 보증해. 읽기나 해.

토비 경   줘 보게. (읽는다.) '젊은이, 네가 무엇이든 넌 치사
한 녀석에 지나지 않는다.'

파비안   좋습니다, 그리고 용감해요.

토비 경   (읽는다.) '내가 왜 너를 이렇게 부르는지 의아해   145
하거나 마음속으로 놀라지 마라, 아무런 이유도
말하지 않을 테니까.'

파비안   좋은 지적인데요, 그걸로 법의 적용을 피하게 됩
니다.

토비 경   (읽는다.) '넌 올리비아 아씨를 찾아오고 내가 보기   150
에 그녀는 너를 친절하게 대한다. 하지만 넌 새카만
거짓말을 하고 있다. 그 때문에 내가 도전하는 건
아니다.'

파비안   아주 짧고 의미가 뛰어나게 잘 (방백) 안 통합니다.

토비 경   (읽는다.) '난 네가 집으로 가는 길에 매복할 것이다.   155
거기에서 네가 혹시 나를 죽인다면' —

파비안   좋아요.

토비 경   (읽는다.) '넌 나를 불한당, 악당처럼 죽인다.'

파비안   여전히 법에 걸리지 않고 있어요. — 좋습니다.

토비 경   (읽는다.) '잘 지내라. 그리고 신은 우리 영혼 가운데   160
하나에게 자비를 베푸소서. 내 영혼에게 자비를 베

풀 수도 있지만 내 희망은 더 크니까 넌 조심해라. 너의 대접에 따라 친구이기도 하고 맹세한 적이기도 한 앤드루 학질.' 그가 이 편지에도 안 움직이면 그의 다리도 소용없지. 내가 주겠소.   165

마리아   그럴 수 있는 아주 적절한 기회가 올 거예요. 그는 지금 아씨와 무슨 대담을 하고 있고 곧 떠날 거랍니다.

토비 경   가요, 앤드루 경, 과수원 모퉁이에서 집달리처럼 그를 염탐해요. 그를 보는 즉시 칼을 뽑고 칼을 뽑으   170
면서 끔찍하게 욕을 해요. 왜냐하면 흔히 있는 일이지만 무시무시한 욕설을 허풍 떠는 말투로 날카롭게 내뱉으면 남성다움을 그 어떤 시험으로 얻은 것보다 더 크게 인정받으니까. 떠나요!

앤드루 경 암요, 욕이라면 내게 맡겨요.   (퇴장)   175

토비 경   난 이제 이 편지를 전달하지 않을 거야, 왜냐하면 젊은 신사의 행동으로 보건대 그는 능력과 교양을 갖춘 게 분명하니까. 그 사실은 그의 주인과 내 질녀 사이에서 그가 하는 일에서 그대로 확인된다. 그러므로 이 편지는 너무나 탁월하게 무식하여 젊은   180
이는 하나도 겁먹지 않을 거야. 그는 이걸 바보 멍청이가 보냈단 사실을 알 테지. 하지만 난 그의 도전을 말로 전달하면서 학질 경에게 눈에 띌 만한 용맹성을 부여하여 이 신사로 하여금 — 젊은 그는 내 말을 즉각 받아들을 테니까.— 그의 사나움과 기술과   185
광기와 성급함에 대하여 소름 돋는 견해를 갖도록 만들 테야. 그렇게 되면 이 둘은 너무 놀라 노려만 봐도 사람이 죽는다는 닭뱀처럼 서로를 죽일 거야.

(올리비아와 비올라 등장.)

십이야

78

파비안	그가 여기 당신 질녀와 함께 오는군요. 그가 떠날
	때까지 비켜섰다가 곧바로 따라가요.
토비 경	난 그동안 도전을 전할 때 쓸 끔찍한 말을 골똘히
	생각해 보지. (토비 경, 파비안, 마리아 함께 퇴장)
올리비아	난 돌 같은 사람에게 너무 많은 말을 했고
	아무런 조심도 않은 채 순결을 맡겼어요.
	내 안의 무언가가 잘못을 질책해도
	그 잘못은 너무나 고집 세고 강력하여
	그 질책을 조롱할 뿐이에요.
비올라	당신의 괴로움과 꼭 같은 방식으로
	제 주인의 비탄도 계속되고 있답니다.
올리비아	자, 이 보석을 걸어요, 내 초상화랍니다.
	거절 말고. 귀찮게 할 혀 같은 건 없어요.
	그리고 간청컨대 내일 다시 와 줘요.
	내게 뭘 달라 해도 난 거절하겠지만
	순결을 지키면서 달라면 줄 만한 것은요?
비올라	제 주인께 드리는 당신의 참사랑뿐이죠.
올리비아	당신에게 준 것을 내 어찌 명예롭게
	그에게 줄 수 있죠?
비올라	되돌려 드리지요.
올리비아	글쎄, 내일 또 오세요. 잘 가요. 내 영혼은
	당신 같은 악마 따라 지옥 가도 괜찮아요. (퇴장)
	(토비 경과 파비안 등장.)
토비 경	신사 양반, 하느님의 가호를.
비올라	당신에게도.

190

195

200

205

210

188행 닭뱀
바실리스크 혹은 코카트리스라고 불리는 전절 속의 괴물. 머리와 다리, 날개는 닭, 몸통과
꼬리는 뱀의 형상으로, 그 눈길을 받은 상대는 죽는다고 한다.

토비 경	방어책이 있다면 쓰도록 하시오. 당신이 그에게 저
	지른 잘못의 성격은 모르겠지만 추적자 하나가 악
	의에 가득 차 사냥꾼처럼 잔인하게 과수원 끝에서
	당신을 기다립니다. 단검을 끄르시오, 빨리 준비하 215
	고, 당신을 공격할 자는 재빠르고 솜씨가 좋은 데다
	치명적이기 때문이오.
비올라	오해하신 겁니다, 분명히. 누구도 내게 싸움 걸 일은
	없으니까요. 내 기억은 아주 자유롭고 깨끗하여 거
	기엔 어느 누구에게 범한 어떤 죄의 모습도 없답니다. 220
토비 경	그렇지 않다는 걸 알게 될 거요, 확신하오. 그러므
	로 당신 생명을 조금이라도 아낀다면 방어 자세를
	취하시오, 당신의 적대자는 젊음과 힘과 기술과 분
	노로 갖출 수 있는 걸 다 갖췄기 때문이오.
비올라	청컨대 어떤 사람입니까? 225
토비 경	그는 기사요. 흠이 없는 칼을 차고 수상하게 작위를
	받긴 했지만 개인적인 다툼에서는 악마랍니다. 영혼
	과 육체를 셋이나 갈라놓았는데, 이 순간 그의 격노
	는 실로 억제가 불가능하여 오직 죽음과 묘지의 고
	통만이 그를 만족시킬 것입니다. 죽자 사자, 그의 좌 230
	우명이오. 죽이거나 죽으시오.
비올라	집 안으로 다시 들어가 아씨의 호위를 요청하겠소.
	난 싸움꾼이 아니오. 자신의 용기를 시험해 보려고
	의도적으로 다른 사람들에게 싸움을 거는 이들이
	있다고 들었소. 아마도 이 사람이 그런 별종인 모양 235
	입니다.
토비 경	아뇨. 그의 의분은 상당한 모욕에서 연유한 거랍니
	다. 그러므로 가서 그의 소망대로 하시오. 집 안으로
	되돌아가지는 못할 거요, 만약 그를 상대하는 만큼

안전하게 나와 한판 붙지 않는다면 말이오. 그러니 240
나아가요, 그리고 당신 칼을 싹 발가벗기든지, 왜냐
하면 당신은 끼어들어야만 하오, 확실히, 아니면 쇠
붙이를 아예 차지 마시오.

비올라 이건 이상한 만큼이나 무례하오. 간청컨대 그 기사
에게 내 죄가 뭔지 알아보는 정중한 소임을 당신이 245
좀 맡아 주시오. 이건 내 부주의 때문이지 의도한
게 전혀 아니올시다.

토비 경 그러겠소. 파비안 군, 내가 돌아올 때까지 이 신사
곁에 있게. (퇴장)

비올라 청컨대 당신은 이 일에 대해서 아십니까? 250

파비안 그 기사가 당신에게 사생결단을 낼 만큼 화가 났다
는 건 알지만 그 이상의 사정은 통 모르오.

비올라 간청컨대 그는 어떤 종류의 사람이오?

파비안 그의 생김새로 보건대 그가 용맹성을 입증한 곳에
서 당신이 그걸 찾아낼 것 같은 놀라운 가망성은 255
없답니다. 실은 그는 최고로 솜씨 좋고 잔인하며
치명적인 적수인데, 아마도 일리리아 어느 구석에서
나 찾을 수 있을 겁니다. 그가 있는 쪽으로 걸으시
겠소, 내가 화친을 주선해 보지요, 가능하면.

비올라 이 일로 큰 신세를 지겠습니다. 난 차라리 기사님보 260
다는 목사님과 함께 가고 싶습니다. 누가 내 기질을
얼마나 많이 알든 상관없답니다. (함께 퇴장)

(토비 경과 앤드루 경 등장.)

토비 경 아니, 이봐요, 그는 바로 악마의 화신이오. 그런 여
장부는 본 적이 없다니까. 난 칼과 칼집 다 합쳐서

264~265행 여장부
토비 경은 세자리오의 성 정체성을 암암리에 의심하고 있다. (아든)

그와 한판 붙었는데 그는 너무나 치명적인 동작으 265
로 가격하기 때문에 피할 수 없어요. 그리고 응수하
면 당신이 걷고 있는 땅에 발이 닿는 것만큼 확실하
게 되갚아 준답니다. 소문엔 그가 페르시아 왕의 검
투사였다지요.

앤드루 경   제기랄, 난 그와 상관 않을래요.   270

토비 경   음, 하지만 지금 진정시키진 못해요, 파비안이 저 건
           너에서 붙잡고 있기도 힘든데.

앤드루 경   염병할, 그가 용감한 데다 검술 솜씨가 그토록 뛰어
           나다 생각했더라면 도전하기 전에 그가 영벌받는
           꼴을 먼저 봤을 겁니다. 그가 이번 건을 눈감아 준   275
           다면 내 말, 회색 꼬마를 그에게 주겠소.

토비 경   제안을 해 보겠소. 여기 서 있어요, 태연한 척하고.
           이 일은 인명 손상 없이 끝날 거요. (방백) 암, 내가
           당신을 타듯이 당신 말도 탈 거야.

           (파비안과 비올라 등장.)

           (파비안에게 방백) 그의 말을 받고 이 싸움을 끝낼   280
           거야. 그에게 이 청년은 악마라고 설득도 해 놨어.

파비안   (토비 경에게) 이 사람 또한 그를 소름 끼친다고 생
           각하고 마치 곰이 자기 뒤를 쫓아오는 것처럼 헐떡
           거리며 창백해졌답니다.

토비 경   (비올라에게 방백) 구제책이 없군요. 그는 맹세했기   285
           때문에 당신과 싸울 겁니다. 참, 그는 싸움하는 이
           유를 더 깊이 숙고해 봤는데 이제는 그걸 얘기할

279행 당신을 타듯이
당신을 완전히 조종하듯이. 토비 경은
앤드루 경의 재산을 빼앗을 또 하나의
기회를 엿보았고 이 제안을 세자리오에게
언급할 생각은 없다. (아든)

266행 피할 ... 없어요
무엇을 피할 수 없는지 — 가격 아니면
죽음 — 모호하다. (아든)

가치조차 없다고 봅니다. 그러니 그의 서약을 에우
하기 위해 칼을 뽑아요. 그는 당신을 다치진 않겠노
라고 단언했답니다.   290

비올라   (방백) 보호해 주소서! 작은 일만 벌어져도 내 숫기
가 얼마나 부족한지 드러날 거야.

파비안   (앤드루 경에게 방백) 그가 격분하는 걸 보거든 물러
나요.

토비 경   (앤드루 경에게 방백) 자, 앤드루 경, 구제책이 없어   295
요. 저 신사는 자신의 명예 때문에 한판은 싸울 거
요. 결투 법칙상 그건 피할 수 없어요. 하지만 나한
테 약속하기를 자기는 신사에다 군인이므로 당신을
해치진 않겠노라고 했어요. 자, 시작해요.

앤드루 경   (방백) 그가 맹세를 지키게 해 주소서!   300
(안토니오 등장.)

비올라   (앤드루 경에게) 분명히 말하지만 이게 내 뜻은
아니오.   (둘은 칼을 뽑는다.)

안토니오   (칼을 뽑고 앤드루 경에게)
그 칼을 거두시오! 만약에 이 젊은 신사가
무슨 죄를 범했다면 잘못은 내게 있소.
당신이 이 사람을 해치면 내가 대신 도전하오.   305

토비 경   당신이? 왜 그래요, 당신이 누군데?

안토니오   그에 대한 사랑으로 그가 하겠노라고
큰소리친 것보다 더 많은 걸 감행할 사람이오.

토비 경   (칼을 뽑는다.) 음, 대리인이라면 내가 상대해 주지.
(군관들 등장.)

파비안   오, 토비 경, 멈춰요. 여기 군관들이 왔어요.   310

토비 경   (안토니오에게) 곧 상대해 주겠소.

비올라   (앤드루 경에게) 제발 괜찮다면 당신 칼을 거두시오.

앤드루 경   아 참, 그러지요. 그리고 내가 당신에게 약속한 건
          말한 대로 꼭 지키겠소. 그놈은 당신을 편안하게 태
          우고 고삐 따라 잘 움직일 거요.   315

군관 1   (안토니오를 가리키며) 이게 바로 그자다. 임무를 수
          행하라.

군관 2   안토니오, 오르시노 백작의 기소로
          난 너를 체포한다.

안토니오   잘못 보신 겁니다.

군관 1   단연코 아니지. 지금은 뱃사람 모자를   320
          쓰고 있진 않지만 그 얼굴을 잘 안다.
          데려가라. 내가 잘 안다는 걸 그는 알아.

안토니오   복종할 수밖에.
          (비올라에게) 당신 찾다 이리됐소.
          하지만 대책이 없으니 내가 책임지지요.   325
          이제 내가 필요해서 그 지갑을 달라면
          어떻게 하시겠소? 내게 생긴 이 일보다
          당신에게 해 줄 수 있는 게 없어서
          훨씬 더 애석하오. 깜짝 놀란 모양인데
          마음 편히 가지시요.   330

군관 2   자, 가시지.

안토니오   (비올라에게)
          당신에게 그 돈의 일부를 간청해야 되겠소.

비올라   무슨 돈 말입니까?
          당신이 여기서 보여 준 친절에 감사하고
          또 당신이 지금 처한 곤경에 자극받아   335
          메마르고 줄어든 내 자금력 가운데
          일부를 드리겠소. 가진 게 많지 않아
          내 현찰을 당신과 나누어 가지겠소.

	받아요, 현금의 절반이오. (안토니오에게 돈을 내민다.)	
안토니오	(거부하며) 이제 나를 부인할 겁니까?	340
	내 공로가 당신에게 설득력이 없다는 게	
	가능한 일이오? 내 불행을 시험 마오,	
	그로 인해 내가 너무 부실한 인간 되어	
	당신에게 베풀었던 친절을 들먹이며	
	당신을 꾸짖지 않도록.	
비올라	그런 친절 모르오.	345
	당신의 목소리나 그 어떤 특징도 모르겠고.	
	거짓이나 허영심, 헛소리나 술 중독,	
	아니면 연약한 우리 피를 심하게 더럽히는	
	악덕의 오염보다 인간의 배은망덕	
	난 그걸 미워하오.	
안토니오	오, 하늘도 무심하지!	350
군관 2	자, 이봐요, 갑시다.	
안토니오	몇 마디만 더 하겠소. 난 여기 이 청년을	
	죽음의 아가리가 절반쯤 삼켰을 때 낚아챘고	
	지극히 신성한 사랑으로 구제해 줬으며	
	참으로 존경할 가치 있다 생각했던	355
	이 사람의 모습에 경배를 드렸소.	
군관 1	그게 무슨 상관이냐? 시간만 지난다. 가자!	
안토니오	근데 이 신께선 얼마나 더러운 우상인가!	
	세바스티안, 그대는 고상한 풍모를 욕보였소.	
	자연에서 결함은 마음 말곤 없는데	360
	몰인정한 자들만이 불구라 할 수 있소.	
	덕행은 아름답소, 하지만 아름다운 악행은	
	마왕이 넘치게 장식한 속 빈 궤짝이오.	
군관 1	미치기 시작했다, 데려가라. 자, 어서 가.	

안토니오	나를 데려가라.	(군관들과 함께 퇴장) 365
비올라	(방백) 이 사람이 한 말은 격정에서 우러나와	
	자신은 그것을 믿는 것 같지만 난 아니다.	
	사랑하는 오빠로 내가 오해받았으니	
	상상이여 사실로, 오, 사실로 드러나라!	
토비 경	이리 와요, 기사. 이리 오게, 파비안. 우린 아주 현명 370	
	한 격언 한 쌍이나 두엇을 속삭일 거야.	
		(그들은 비켜선다.)
비올라	그가 세바스티안을 불렀다. 내 모습에 오빠가	
	아직 살아 있음을 나는 안다. 오빠와 난	
	얼굴이 너무나 닮았고 그는 내가 모방한	
	바로 이런 복장과 색깔과 장신구를 375	
	언제나 좋아했다. 오, 이것이 사실이면	
	태풍은 친절하고 짠물은 사랑의 민물이다! (퇴장)	
토비 경	(앤드루 경에게) 아주 파렴치하고 시시한 어린애인	
	데다 토끼보다 더 겁쟁이오. 그의 파렴치는 여기에	
	서 어려움에 처한 친구를 버리고 부인하는 데서 드 380	
	러났고 그의 겁쟁이 기질에 대해선 파비안에게 물어	
	봐요.	
파비안	겁쟁이예요, 아주 독실한 겁쟁이로 신앙 수준에 이	
	르렀어요.	
앤드루 경	젠장, 그를 다시 따라가서 때려 주겠네. 385	
토비 경	그래요, 흠씬 패 줘요, 하지만 칼은 절대 뽑지 말아요.	
앤드루 경	내가 안 패면 —	(퇴장)
파비안	가요, 결말을 보자고요.	
토비 경	결국 허탕일 거라는 데 얼마든 감히 걸지. (함께 퇴장)	

377행 짠물은 … 민물이다
비올라의 모순은 세바스티안의 생존이 자연의 기적일 것이라는 사실을 암시한다. (아든)

십이야

4막 1장

세바스티안과 페스테 등장.

페스테	제가 당신을 부르러 온 게 아니라고 믿으라는 겁니까?
세바스티안	이런, 이런, 바보 같은 친구를 보았나.
	내 근처에 오지 마.
페스테	잘 버티시네요, 참말로! 네, 전 당신을 모르고 아씨
	께서 얘기를 나누려고 당신을 부르러 보낸 것도 아 5
	니란 말이죠. 또 당신 이름은 세자리오 씨가 아니고
	이것도 제 코가 아니란 말이지요. 그렇다고 하는 건
	모두 그렇지가 않네요.
세바스티안	너의 그 바보짓은 딴 데 가서 발산해.
	넌 나를 모른다. 10
페스테	바보짓을 발산해라! 어떤 높은 어른한테서 들은 말
	을 이제 바보에게 써먹으시네. 바보짓을 발산해라!
	전 이 크고 멍청한 세상이 응석받이가 될까 봐 걱정
	입니다. 부탁인데 이제 그 이상한 태도는 관두시고
	아씨께 뭘 발산해야 할지 말해 줘요. 그녀에게 당신 15
	이 오고 있다고 발산할까요?
세바스티안	바보 같은 익살꾼아, 제발 좀 떠나 줘라.
	이 돈을 받으라고. 더 머물러 있으면
	더 나쁜 보답을 받을 거야.
페스테	참말이지 당신 손은 열려 있군요. 바보들에게 돈을 20
	주시는 이런 현명한 분들은 좋은 평판을 얻는답니
	다, 그걸 열네 해 동안 사들인 다음에요.

4막 1장 장소
올리비아의 저택 앞.

(앤드루 경, 토비 경, 파비안 등장.)

앤드루 경   이런, 당신을 또 만났네요. 자, 맛 좀 봐요.
                                    (세바스티안을 친다.)

세바스티안   그래? 자, 맛 좀 봐라, 이것도, 또 이것도.
                                    (앤드루 경을 친다.)

            사람들이 다 미쳤나?   25

토비 경   멈춰요, 안 그러면 당신 검을 지붕 너머로 던져 버리
            겠소.   (세바스티안의 팔을 붙잡는다.)

페스테   이 일을 아씨께 곧장 말씀드려야지. 두 푼을 준대도
            당신들과 같은 처지에는 빠지지 않겠어요.   (퇴장)

토비 경   자, 어서, 멈춰요!   30

앤드루 경   아니, 내버려 둬요. 다른 방법을 써 보지요. 만약 일
            리리아에 법이 있다면 그를 폭행죄로 고소할 겁니
            다. 내가 먼저 치기는 했지만 그건 아무 상관없어요.

세바스티안   (토비 경에게) 이 손 좀 치워요.

토비 경   이봐요, 놔주지 않겠소. 이봐요, 젊은 군인 양반, 쇠   35
            를 거두시오. 그만하면 됐어요. 자, 어서.

세바스티안   벗어나고 말 거요.   (토비 경에게서 벗어난다.)

            이제 어쩔 겁니까?

            나를 더 부추기고 싶으면 뽑으시오. (칼을 뽑는다.)

토비 경   뭐, 뭐라고! 그렇다면 당신의 그 건방진 피를 한두
            컵쯤 받아야겠소.   (칼을 뽑는다.)   40

            (올리비아 등장.)

올리비아   멈춰요, 토비! 생명이 아깝거든 멈춰요!

토비 경   아씨.

올리비아   언제나 이럴래요? 파렴치한 인간처럼
            예의범절 하나도 못 배우는 산속과
            야만인 동굴에나 어울리지. 썩 꺼져요!   45

십이야

88

화내지 말아요, 사랑하는 세자리오.
이 무뢰한, 저리 가요!

(토비 경, 앤드루 경, 파비안, 함께 퇴장)

예의 바른 친구여,
당신의 평화를 깨뜨린 이 불손하고
불법적인 폭력을 빌건대 격정이 아니라
지혜로 통제해요. 내 집으로 함께 가요,　　　　　50
이 깡패가 쓸데없는 장난을 얼마나
많이 엮어 냈는지 듣고 나서 이번 일로
웃을 수 있게요. 당신은 갈 수밖에 없어요.
거절하지 마세요. 빌어먹을 인간이야,
당신 안의 가엾은 내 마음을 놀래다니.　　　　　55

세바스티안　　이게 무슨 의미야? 어떻게 되는 거지?
이건 내가 미쳤거나 아니면 꿈이다.
상상은 내 감각을 언제나 망각에 적시고
이런 꿈을 꾼다면 계속 자게 해 줘라.

올리비아　　자, 어서요. 당신이 내 말을 들었으면!　　　　　60

세바스티안　　그럴게요, 아씨.

올리비아　　　　　오, 그 말대로 됐으면.　　(함께 퇴장)

4막 2장

가운과 가짜 수염을 든 마리아와 페스테 등장.

마리아　　아냐, 제발 이 가운을 걸치고 수염도 달아. 그가 너
를 부목사인 토파스 경이라고 믿게 해. 빨리 해. 난
그동안 토비 경을 부를게.　　(퇴장)

페스테　　 그럼 이걸 입고 이걸로 변장을 해야지. 그래서 이런

　　　　　 가운으로 변장한 최초의 인물이 됐으면 좋겠네. 난 5

　　　　　 이 역할을 잘하기엔 키가 충분치 못하고 훌륭한 신

　　　　　 학도로 생각되기엔 충분히 마르지도 않았지만, 명예

　　　　　 로운 사람이자 후한 집주인이란 말을 듣는 건 신중

　　　　　 한 사람이자 대학자라고 말하는 것만큼 좋아 보인다.

　　　　　 (토비 경과 마리아 등장.)

　　　　　 동업자들이 등장했군. 　　　　　　　　　　　　　 10

토비 경　　 목사님, 조브의 축복을 빕니다.

페스테　　 보노스 디에스, 토비 경. 펜과 잉크를 한 번도 본 적

　　　　　 없는 프라하의 늙은 은둔자가 고보덕 왕의 질녀에

　　　　　 게 아주 재치 있게 말했듯이 '있는 것은 있는 것'이

　　　　　 랍니다. 그래서 난 목사이므로 목사랍니다. 왜냐하 15

　　　　　 면 '것'이라는 건 '것'이고, '있는' 건 '있는' 게 아니

　　　　　 고 뭐겠습니까?

토비 경　　 토파스 경, 그에게 말하시오.

페스테　　 여봐라, 게 있느냐, 이 감옥에 평화를.

토비 경　　 녀석, 참 잘도 꾸며 댄다. ― 좋은 녀석이야. 　　　　 20

말볼리오　 (안에서) 거기 밖에 누구요?

페스테　　 정신 이상자 말볼리오를 보러 온 부목사 토파스 경

　　　　　 이니라.

말볼리오　 토파스 경, 토파스 경, 훌륭하신 토파스 경, 아씨께

　　　　　 가 주시오. 　　　　　　　　　　　　　　　　　　　 25

4막 2장 장소
올리비아의 저택.
12행 보노스 디에스
라틴어 낮 인사. 안녕하십니까.(Good day.)

13행 고보덕 왕
전설적인 브리튼 왕. 하지만 그에게 질녀는
없었으며 앞서 언급된 프라하의 늙은
은둔자가 글을 모르기 때문에 이들 모두가
페스테가 꾸며 낸 가짜 문학 권위자들이다.
(아든)

페스테	썩 나가라, 떠버리 악마야, 이 사람을 이토록 괴롭
	히다니! 넌 아씨들 말고는 할 얘기가 없어?
토비 경	목사님, 맞는 말씀입니다.
말볼리오	토파스 경, 이렇게 학대받은 사람은 절대로 없었어
	요. 훌륭하신 토파스 경, 절 미쳤다 생각 마십시오. 30
	그들이 저를 이 소름끼치는 어둠 속에 가뒀어요.
페스테	에잇, 이 부정직한 사탄아! 난 너에게 가장 겸손한
	용어를 쓰고 있어, 난 마왕 자신이라도 예의로 대하
	는 부드러운 사람이니까. 그 방이 어둡단 말이지?
말볼리오	지옥처럼요, 토파스 경. 35
페스테	아니, 그 방의 퇴창은 방벽처럼 투명하고 북남 쪽으
	로 난 채광창은 흑단처럼 빛나고 있어, 그런데도 넌
	장애물을 불평해?
말볼리오	전 미치지 않았어요, 토파스 경. 분명히 말하는데
	이 방은 어두워요. 40
페스테	미친 자여, 네가 틀렸다. 내 말은 무식 말고는 어둠
	이 없는데 넌 그 안에서 안개 속의 이집트인들보다
	더 큰 혼란에 빠져 있어.
말볼리오	무식이 지옥만큼 어둡긴 하지만 이 방도 무식만큼
	어둡다니까요. 그리고 제 말은 이토록 학대받은 사 45
	람은 절대로 없었어요. 전 당신보다 더 미치지 않았
	어요. 아무거나 일관된 논점으로 시험해 보십시오.
페스테	날짐승에 대한 피타고라스의 견해가 뭐지?
말볼리오	우리 할머니의 영혼이 새의 몸 안에 우연히 깃들 수
	도 있다는 것입니다. 50
페스테	넌 그의 견해를 어떻게 생각해?

42행 안개 ... 이집트인
출애굽기 10장 21절에 묘사된 어둠의 재앙에 대한 암시. (아든)

말볼리오	전 영혼을 고귀하다 생각하고 그의 견해를 절대 인
	정하지 않습니다.
페스테	잘 있어라. 언제나 어둠 속에 머물러라. 넌 내가 제
	정신이라고 인정할 때까지 피타고라스의 견해를 유 55
	지할 것이고, 그래서 네 할미의 영혼을 쫓아낼까 두
	려워 멧도요를 못 죽일 것이다. 잘 있어라.
말볼리오	토파스 경, 토파스 경!
토비 경	참으로 빼어난 토파스 경이야.
페스테	암요, 뭐든지 해 드리죠. 60
마리아	넌 이걸 수염과 가운 없이도 할 수 있었어. 그는 널
	못 봐.
토비 경	(페스테에게) 너 자신의 목소리로 해 봐, 그런 다음
	그가 어땠는지 알려 줘. 이 사기극을 잘 끝냈으면
	좋겠어. 그가 적절히 풀려날 수만 있다면 그리되는 65
	게 좋겠어, 난 질녀에게 지은 죄가 너무 많아 이 장
	난을 도저히 막판까지 안전하게 끌고 갈 수가 없어
	서 그래. 곧바로 내 방으로 와. (마리아와 함께 퇴장)
페스테	(그 자신으로 노래한다.)
	이봐 로빈, 명랑한 로빈,
	아씨는 어떻게 지내셔. 70
말볼리오	바보야!
페스테	(노래한다.) 아씨는 매정하셔, 맙소사.
말볼리오	바보야!

48행 날짐승 ... 견해
그리스 철학자 피타고라스는 영혼 이체설로
유명한데, 그는 인간의 영혼이 한 몸에서
다른 몸으로 이동하고, 특히 사후에 새로운
인간 또는 동물의 형태로 환생한다고
설파하였다. (아든)

54~56행 넌 ... 것이고
목사가 누구를(청교도라 할지라도)
이교도로 개종시키기 바라는 것은 물론
터무니없는 일이다. 이는 말볼리오를 어둠
속에 내버려 두려는 자의적인 구실이다.
(아든)

페스테	(노래한다.) 아, 그녀가 왜 그러실까?
말볼리오	이봐, 바보야!
페스테	(노래한다.) 다른 남자 사랑하셔 —
	하, 누가 불러요?
말볼리오	착한 바보야, 나한테 언제나 좋은 대접 받으려거든 양초와 펜, 잉크와 종이 좀 갖다 줘. 난 신사니까 이번 일로 너에게 감사하며 살 거야.
페스테	말볼리오 씨?
말볼리오	그래, 착한 바보야.
페스테	아이고, 어쩌다가 온 정신을 잃으셨나요?
말볼리오	바보야, 이토록 지독하게 학대받은 사람은 절대로 없었어. 난 너처럼 정신이 멀쩡해, 바보야.
페스테	그저 나처럼요? 그럼 진짜로 미쳤네요, 당신의 정신이 바보보다 나은 게 없다면요.
말볼리오	그들은 나를 물건처럼 여기에 처박았어. 어둠 속에 가두고 목사들을, 등신들을 보냈으며 내 정신을 빼놓으려고 할 수 있는 짓은 다 했어.
페스테	말조심하세요, 그 목사가 여기에 있답니다. — (토파스 경으로) 말볼리오, 말볼리오, 하늘이 네 정신을 회복시켜 주시기를. 잠이나 자려고 애쓰고 헛된 횡설수설일랑 집어치워.
말볼리오	토파스 경!
페스테	(토파스 경으로) 그와 대화를 계속하지 말게, 착한 친구여. (자신으로) 누구요, 저요? 전 안 해요! 안녕히 가십시오, 토파스 경. (토파스 경으로) 그래, 아멘. (자신으로) 그럴게요, 예, 그럴게요.
말볼리오	바보야, 바보야, 야, 바보야!
페스테	아아, 참으세요. 뭐라고요? 난 당신에게 말 걸었다

75

80

85

90

95

100

고 욕먹었어요.

말볼리오 착한 바보야, 촛불과 종이 좀 갖다 줘. 분명히 말하
는데 난 일리리아의 그 누구와 견주어도 제정신이야.

페스테 아이고 그랬으면 좋겠네요. 105

말볼리오 이 손에 맹세코 그렇다. 착한 바보야, 잉크와 종이,
촛불 좀. 그런 다음 내가 적은 것을 아씨에게 전해
줘. 그 어떤 편지를 전달한 것보다 더 많은 이득이
있을 거야.

페스테 갖다 드리죠. 하지만 사실을 말해 봐요. 진짜 미친 110
거 아녜요, 아니면 그런 척하는 것뿐인가요?

말볼리오 믿어 줘, 안 미쳤어, 사실이야.

페스테 예, 전 미친 사람의 뇌수를 볼 때까진 절대 믿지 않
을 겁니다. 촛불과 종이, 잉크를 가져오죠.

말볼리오 바보야, 이번 일은 최고로 보답하마. 부탁이다, 빨리 가. 115

페스테 (노래한다.)
          갔어요, 예, 지금 곧 말입니다,
              당신에게 다시 오겠습니다,
          늙어 빠진 악덕처럼 순식간에
              당신 요구 채워 주러 갑니다.
          그놈은 나무칼 들고서 격노하고 광분하며 120
          악마에게 '아하'라고 외치죠,
              실성한 애처럼 '아빠, 손톱 좀 깎아요.
          잘 있어요, 악마쟁이.' 이렇게요. (퇴장)

99행 그럴게요
페스테가 이미 토파스 경의 말에 대답했으므로 여기에서 그가 어디에 반응하는지는 분명치
않다.

십이야

4막 3장

세바스티안　이건 대기, 저것은 빛나는 태양이며
그녀가 준 이 진주를 난 느끼고 또 보면서
이렇게 놀라움에 휩싸여 있긴 하나
미치진 않았다. 그럼 안토니오는 어딨지?
코끼리 여관에선 찾을 수 없었다. 　　　　　　　5
하지만 그는 거기 있었고 날 찾아내려고
읍내를 정말로 누볐단 보고를 들었다.
지금 그의 충고는 황금 같은 도움을 주리라.
왜냐하면 내 마음은 감각과 충분히 토의한 뒤
이것은 착각이지 광증이 아니라고 하지만 　　　10
이번 일과 쇄도하는 행운은 모든 사례
모든 논증 과정을 완전히 뛰어넘어
난 내 눈을 기꺼이 신뢰하지 않으면서
내가 미쳐 있거나 아씨가 미친 것 말고는
아무것도 믿지 못하겠다는 내 이성과 　　　　15
말다툼을 하니까. 하지만 아씨가 미쳤다면
그녀는 내가 감지하듯이 그렇게 매끄럽고
사려 깊고 안정된 태도로 집안을 다스리고
하인들을 장악하고 사안을 주고받고

118행 악덕
중세 도덕극에 나오는 코믹한 악의 대변자. 그는 어떤 의미에서 페스테가 지금 하고 있는
바보 역할의 원조로서 시의적절하고, 특히 이 장면에서 페스테가 악덕처럼 여러 가지
코믹한 연기를 채택하기 때문에 더욱 그렇다. (아든)
4막 3장 장소
올리비아의 정원.

신속히 처리할 수가 없다. 거기에 무언가   20
헷갈리는 게 있다.
    (올리비아와 신부 등장.)
           근데 여기 아씨가.
올리비아   이렇게 서둔다고 꾸짖진 마세요. 좋으시면
지금 저와 그리고 이 성자와 가시지요,
근처 예배당으로. 이분 앞에 거기 서서
그리고 봉헌된 그 지붕 아래에서   25
당신의 믿음을 온전히 약속해 주세요,
참으로 염려하고 망설이는 제 마음이
평안할 수 있도록. 이분은 당신이 이것을
기꺼이 알리고 우리가 제 신분에 어울리는
예식을 올리는 그날이 올 때까지   30
비밀로 할 거예요. 어떻게 생각해요?
세바스티안   독실한 이분 따라 당신과 함께 가서
진심을 맹세한 뒤 언제나 지킬게요.
올리비아   그렇다면 신부님은 앞장서고 하늘은
제 행동에 빛을 내려 곱게 봐 주소서!   (함께 퇴장) 35

5막 1장

편지를 든 페스테와 파비안 등장.

파비안   자, 넌 나를 좋아하잖아, 그 편지 좀 보여 줘.
페스테   파비안 씨, 제 청 또 하나 들어줘요.
파비안   뭐든지.
페스테   이 편지를 보려 하지 마세요.

| 파비안 | 이건 개 한 마리를 줘 놓고 그 보상으로 그 개를 도 | 5 |
| | 로 달라는 것과 같군. | |

(오르시노, 비올라, 큐리오 및 귀족들 등장.)

오르시노	친구들은 올리비아 아씨 소속인가?	
페스테	예, 각하, 저희는 그녀의 장신구이옵니다.	
오르시노	너를 잘 알지. 어떻게 지내느냐, 이 녀석?	
페스테	사실은 각하, 적들 때문엔 더 잘 지내고 친구들 때	10
	문엔 더 못 지냅니다.	
오르시노	정반대로 친구들 때문에 더 잘 지내야지.	
페스테	아뇨, 더 못 지냅니다.	
오르시노	어찌 그럴 수가 있느냐?	
페스테	그야, 각하, 그들은 절 칭찬하면서 바보로 만듭니다.	15
	그런데 제 적들은 제가 바보라고 분명히 말하지요.	
	그래서 적들에게는 저 자신에 관한 지식으로 득을	
	보는 반면 친구들에겐 속고 있답니다. 그래서 그 결	
	론이 만약 키스와 같다면 네 개의 부정은 두 개의	
	긍정이 되니까, 그럼, 친구들 때문엔 더 못 지내고	20
	적들 때문엔 더 잘 지내죠.	
오르시노	허, 이거 참 뛰어나군.	
페스테	맹세코 그런 말 마십시오, 각하께서 기쁜 마음으로	
	제 친구가 되시더라도.	
오르시노	나 때문에 더 못 지내진 않을 거야. 금화다. (돈을	25
	준다.)	

5막 1장 장소
올리비아의 저택 앞.
18~20행 결론이 ... 되니까
만족스러운 설명은 없지만 라틴어에서 두 개의 부정은 하나의 긍정이 되니까, 여자의 안
돼요 네 번은 돼요 두 번과 같으니까, 남녀의 키스는 네 개의 떨어진 입술이 두 쌍의 붙은
입술을 만드니까 등의 설명이 있다. (아든, 리버사이드)

페스테	이중 거래가 아닐 수만 있다면 각하, 하나 더 주시면 좋겠는데요.
오르시노	오, 넌 나쁜 충고를 하는구나.
페스테	각하의 호의를 이번 한 번만 주머니에 넣으시고 피와 살더러 그것에 복종하라고 하시지요.

30

오르시노	글쎄, 이중 거래자가 될 만큼만 죄인이 되어 보지. 또 하나다. (돈을 준다.)
페스테	첫째, 둘째, 셋째, 그건 좋은 놀이입니다. 또 삼세번에 대박이란 옛말도 있고요. 삼박자는 훌륭한 춤곡이랍니다. 아니면 베네트 성자의 종소리를 떠올려 보시든지 — 하나, 둘, 셋.

35

오르시노	이번 판에서는 내 돈을 더 우려낼 수 없어. 네가 만약 아씨께 내가 여기 얘기하러 왔노라고 알려 드리고 모셔 오면 내 선심을 더 일깨울 수 있을 거야.
페스테	네, 각하, 제가 다시 올 때까지 그 선심에 자장가를 불러 주십시오. 갑니다, 각하. 하지만 제 소유욕을 탐욕 죄로 생각하지는 마셨으면 합니다. 하지만 말씀처럼 각하의 선심께선 낮잠을 주무시라고 해 주십쇼, 제가 곧 깨워 드릴 테니까. (퇴장)

40

(안토니오와 군관들 등장.)

비올라	여기 저를 구해 준 사람이 왔습니다.

45

오르시노	나는 저 얼굴을 분명히 기억한다. 하지만 지난번에 봤을 땐 전쟁의 연기로 불카누스 신처럼 시커멓게 물들어 있었지. 배수량이 아주 적고 선체 또한 볼품없는 하찮은 범선의 선장으로 있었는데

50

48행 불카누스

로마 신화에서 불과 대장장이의 신. 그리스 신화의 헤파이스토스에 해당한다.

십이야

그것으로 우리 함대 최고의 전함과 맞붙어
얼마나 막대한 피해를 입혔던지
순수한 적개심을 품었던 패자들조차도
그의 명성, 영예를 외쳤었지. 웬일이냐?

군관 1   오르시노 각하, 이자는 안토니오인데   55
피닉스호와 크레타 선적의 화물을 빼앗고
티투스 사촌께서 다리를 잃었을 때
맹호 함에 올랐던 자이기도 합니다.
수치심도 신분도 포기한 채 거리에서
사적인 말다툼에 낀 그를 체포했습니다.   60

비올라   그는 제게 친절했고 제 편에서 싸웠어요.
하지만 결국 제게 이상한 말을 했고
착란이 아니라면 그게 뭔지 모르겠습니다.

오르시노   악명 높은 해적이여, 짠물 도둑놈이여,
무슨 만용 부리다가 잔인하고 지독하게   65
적으로 돌렸던 사람들의 손아귀에
떨어지게 되었는가?

안토니오   오르시노 공작님,
내게 붙인 그 오명을 떨치게 해 주시오.
이 안토니오는 도둑도 해적도 아니었소,
오르시노의 적이란 건 근거가 충분하여   70
고백합니다만. 난 마술에 끌리어 이리 왔소.
최고 배은망덕한 당신 곁의 그 녀석을
격노하여 거품 뿜는 난폭한 바다의 입에서
내가 구해 냈습니다. 절망의 잔해가 그였소.
그 생명을 내가 줬고 거기에다 사랑까지   75
더하여 주었지요, 아낌이나 제한 없이
다 바쳤답니다. 그를 위해 나 자신을 ─

순전히 그를 사랑했기에 — 적의 품은
이 도시의 위험에 드러내게 되었고
그가 포위당했을 땐 지키려고 칼 뺐는데   80
내가 체포되니까 배신하는 잔꾀를 부려서
위험을 나와 함께 나누지 않으려고
나와 면식 있다는 걸 부인하게 되었고
눈 깜짝할 사이에 이십 년쯤 멀어진
물건처럼 됐답니다. 반시간도 되기 전에   85
그에게 쓰라고 준 바로 내 지갑을
거부했단 말입니다.

비올라   어떻게 이럴 수가?

오르시노   그가 언제 이 도시에 왔느냐?

안토니오   오늘이요, 백작님, 또 지난 석 달 동안
잠시도, 일 분의 빈틈도 전혀 없이   90
밤낮으로 우리 둘은 같이 지냈답니다.

(올리비아와 시종들 등장.)

오르시노   여백작이 오셨다. 하늘이 이제 땅을 밟는다.
하지만 이 친구야, 자네 말은 광기야.
석 달 동안 이 청년은 내 시중을 들었어.
하지만 그건 좀 있다가. 저리로 데려가라.   95

올리비아   각하께서 가질 수 없는 것을 빼놓고
이 올리비아가 도움이 될 만한 게 있으신지?
세자리오, 나와 한 약속을 안 지키셨어요.

비올라   아씨 —

오르시노   우아한 올리비아 —   100

올리비아   뭐라고요, 세자리오? 각하께선 —

비올라   각하의 말씀에 제 임무는 침묵이죠.

올리비아   옛 노래를 다시 부를 작정이시라면

제 귀에는 그것이 음악 뒤의 고함처럼
조잡하고 거슬려요.

오르시노　　　　　계속 그리 잔인하오?　　　　　105

올리비아　계속 변함없답니다.

오르시노　뭐, 비꼬였단 점에서요? 몰인정한 숙녀여,

배은하고 재수 없는 당신의 제단에

내 영혼은 여태껏 봉헌이 가능한

최고의 충절을 바쳤는데 ─ 난 어찌할까요?　　110

올리비아　각하께 어울리는 하고픈 일 하시지요.

오르시노　내가 맘만 먹는다면 죽음을 눈앞에 둔

이집트인 도적처럼 아끼는 걸 죽이는 일

왜 하면 안 될까요? ─ 흉포한 질투심은

때로는 고귀한데. ─ 하지만 들어 봐요.　　　115

당신이 내 믿음을 쳐다보지 않으니까

또 당신의 호의에서 참된 내 자리를

앗아 간 장본인을 내가 좀 아니까

당신은 대리석 가슴의 폭군으로 쭉 사시오.

하지만 당신의 사랑을 내가 아는 이 총아는　　120

하늘에 맹세코 내가 극히 아끼는데,

속상한 주인 두고 그 잔인한 눈 속에서

옥좌에 앉았지만 내가 꺼내 갈 것이오.

(비올라에게)

얘, 함께 가자, 내 생각은 악행으로 가득하다.

99~100행 아씨 ... 우아한
두 사람의 대사는 동시에 시작된다.
101~102행 각하께선 ... 각하의
올리비아가 오르시노의 말에 반응하면서
각하라는 말을 썼다면 비올라는 자신의
윗사람이 오르시노임을 주지시키기 위해
같은 말을 쓴다.

113행 이집트인 도적
헬리오도로스가 쓴 그리스 로맨스
『에티오피카』에 나오는 도적 두목을
가리키는데, 그는 경쟁하는 다른 무리가
자신의 목숨을 위협했을 때 자신이
사랑하는 포로인 카리클레아를 죽이려다가
죽이지 못한다. (아든)

101

비둘기의 까마귀 속마음을 약 올려 주려고   125
난 정말로 아끼는 나의 양을 희생할 것이다.

(문으로 간다.)

비올라   그럼 전 최고로 유쾌하게 당장에 기꺼이
당신 안정시키려고 천 번 만 번 죽겠어요.

(오르시노를 따라간다.)

올리비아   세자리오, 어디 가요?

비올라   이 눈보다, 목숨보다
모든 비교 넘어서 사랑할 아내보다   130
더 많이 사랑하는 이분 뒤를 따라가요.
이게 꾸며 낸 것이면 저 위의 증인들은
제 사랑을 더럽힌 제 생명을 벌하세요.

올리비아   아아, 버림을 당하다니, 난 정말 속았구나!

비올라   누가 당신 속여요? 누가 당신 학대해요?   135

올리비아   정신이 나갔어요? 그리 오래됐어요?
신부님을 불러와라.   (시종 퇴장)

오르시노   이리 와, 어서 가자!

올리비아   어디 가요? 세자리오, 서방님, 멈춰요.

오르시노   서방님?

올리비아   예, 서방님. 부인할 수 있겠어요?

오르시노   너, 그녀의 남편이냐?

비올라   아뇨 각하, 아닙니다.   140

올리비아   아 저런, 당신은 저급한 두려움 때문에
자신의 정당한 지위를 부인하고 있어요.
두려워 마세요, 세자리오, 행운을 붙잡고
자신이 알고 있는 그가 되면 두려운 그분만큼
위대해질 거예요.

(신부 등장.)

어서 와요, 신부님.

신부님, 존경하는 당신께 명하건대

여기에서 밝혀 줘요 — 최근까진 우리가

묻어 둘 작정이었으나 이제는 때가 되어

밝히려고 하는데 — 당신이 아는 대로

이 청년과 나 사이에 새로 생긴 그 일을. 150

신부 영원한 사랑의 결합을 약속했었는데

두 사람이 서로의 손을 잡아 확인하고

성스럽게 입술 맞춰 증명이 되었으며

서로의 반지를 교환하여 강화됐고

이 모든 결합의 의식은 이 사람의 직분과 155

증언에 의하여 확정되었습니다.

그 후로 제 시계에 의하면 저는 단지

제 무덤 쪽으로 두 시간 더 갔을 뿐입니다.

오르시노 오, 이런 새끼 사기꾼! 세월이 흘러서

그 가죽에 흰 서리가 내리면 뭐가 될래? 160

아니면 네 계략이 너무 빨리 성숙하여

남의 발을 걸려다가 스스로 넘어질래?

잘 가라, 그녀를 가져라, 하지만 발걸음은

절대 나와 아니 만날 곳으로 돌려라.

비올라 각하, 전 정말 단언컨대 —

올리비아   오, 맹세하지 마세요! 165

믿음을 좀 가지세요, 두렵긴 할 테지만.

(앤드루 경 등장.)

앤드루 경 하느님 맙소사, 의사 좀! 곧바로 사람을 토비 경에

게 보내세요.

올리비아 무슨 일이오?

앤드루 경 그이가 제 골통은 깨부수고 토비 경 골통은 피가 나 170

	게 했답니다. 제발, 도와줘요! 사십 파운드를 내더	
	라도 난 차라리 집에 있었으면 좋았을걸.	
올리비아	누가 그랬단 말이오, 앤드루 경?	
앤드루 경	백작의 신사인 세자리오란 사람이요. 우린 그가	
	겁쟁인 줄 알았는데, 바로 악마의 화신이랍니다.	175
오르시노	나의 신사 세자리오가?	
앤드루 경	원 세상에, 여기 있네! (비올라에게) 당신은 내 머리	
	를 이유 없이 깨 놨소, 그리고 내가 했던 그 일은 토	
	비 경이 부추겨서 그랬어요.	
비올라	왜 나한테 얘기해요? 당신을 안 해쳤소.	180
	당신은 이유 없이 내게 칼을 뽑았지만	
	난 좋게끔 얘기하고 해치지 않았어요.	
	(토비 경과 페스테 등장.)	
앤드루 경	피 흐르는 골통이 해친 거라면 당신은 날 해쳤소.	
	피 흐르는 골통은 아무것도 아닌 줄 아는 모양이군	
	요. 여기 토비 경이 절뚝거리며 오니까 소식을 더 듣	185
	게 될 거요. 하지만 그가 술에 취하지만 않았어도	
	당신을 간질여 준 것과는 다른 식으로 해 줬을 거요.	
오르시노	(토비 경에게) 어쩐 일이오, 신사 양반? 어떻게 된	
	거요?	
토비 경	상관없어요, 날 해쳤고 그걸로 끝났습다. (페스테에	190
	게) 야, 멍청아, 의사 딕 봤어, 멍청아?	
페스테	오, 그 사람은 취했어요, 토비 경, 한 시간 전부터요.	
	아침 8시에 눈이 감겨 있던데요.	
토비 경	그럼 그 자식은 불한당이고 느려 터진 돌팔이야. 난	
	술 취한 불한당을 미워해.	195
올리비아	그를 데려가라! 이들을 엉망으로 만든 게 누구냐?	
앤드루 경	내가 도와줄게요, 토비 경. 우린 같이 치료받을 테	

니까.

토비 경   당신이 도와줘? 돌대가리에다 골통에다 불량배, 낯

짝 얇은 불량배에다 얼간이가?   200

올리비아   침대로 데려가서 상처를 돌봐 드려라.

(토비 경, 앤드루 경, 파비안과 페스테 함께 퇴장)

(세바스티안 등장.)

세바스티안   (올리비아에게)

죄송해요, 부인, 당신의 친척을 해쳤어요.

하지만 피를 나눈 내 형제였더라도

적절한 안전 위해 못지않게 했을 거요.

이상한 시선을 내게 던지는군요. 그래서   205

이 일로 당신이 화난 줄은 알겠소.

여보, 용서해 주시오, 얼마 전에 우리가

서로에게 나눴던 그 서약을 봐서라도.

오르시노   같은 얼굴, 같은 말씨, 같은 옷에 두 사람!

실재이며 헛것인 천연 요지경이다!   210

세바스티안   안토니오! 오, 사랑하는 안토니오,

내가 그대 잃은 뒤 얼마나 긴 고통과

고문을 받았던가!

안토니오   당신이 세바스티안?

세바스티안   그걸 의심합니까?

안토니오   어떻게 자신을 스스로 나누었소?   215

두 쪽으로 나눠진 사과라 하더라도

더 같을 순 없어요. 누가 세바스티안입니까?

올리비아   최고로 놀랍구나!

세바스티안   (비올라를 본다.)

210행 천연 요지경
인간이 만들지 않고 자연이 빚은 요지경.

내가 저기 서 있나? 남동생은 없었다.
또한 내게 이곳과 모든 곳에 존재하는   220
신통력도 없을 테고. 누이는 있었다,
눈먼 파도 물기둥이 삼켜 버린 여자지만.
자선 삼아 말해 줘요, 내겐 어떤 친척이죠?
어느 나라 사람이오? 이름은? 부모는?

비올라   메살린 출신이고 아버지는 세바스티안,   225
오빠도 꼭 같은 세바스티안이었는데
그런 옷을 입은 채 물 무덤에 들어갔죠.
혼령이 몸과 복장 갖출 수 있다면 당신은
우리를 겁주려고 왔어요.

세바스티안   난 진정 혼령이오.
하지만 자궁 속에서부터 함께했던 육체에   230
조잡하게 옷 걸치고 있을 뿐이랍니다.
당신이 여자라면 나머지는 맞으니까
당신 뺨에 내 눈물을 흘리며 말하겠소,
'삼세번 환영한다, 물에 빠진 비올라.'

비올라   아버지 이마에는 사마귀가 있었는데.   235

세바스티안   내 아버지에게도.

비올라   그리고 비올라가 열세 살이 되었던
바로 그날 세상을 떠나셨소.

세바스티안   오, 그 기록은 내 영혼에 생생하오!
그는 정말 생사의 행위를 내 누이가   240
열세 살을 채웠던 바로 그날 마치셨소.

비올라   우리 둘의 행복을 가로막고 있는 것이
강탈한 이 남자 복장밖에 없다면
장소, 시간, 운수의 매 상황이 모두 다
꼭 들어맞아서 이 몸이 비올라 될 때까지   245

십이야

나를 안지 마세요. ─ 그 사실을 확인하러
처녀 적 옷이 있는 읍내의 한 선장에게
당신을 데려갈 터인데, 나는 그 사람의
친절한 도움으로 구조되어 공작님을 섬겼어요.
그 뒤로 내 운명과 관련된 모든 일은   250
이 아씨와 이 주인님 사이에서 생겼어요.

세바스티안   (올리비아에게) 숙녀시여, 그래서 잘못 보신 거로군요.
하지만 자연은 그렇게 옳은 방향 잡았어요.
당신은 처녀와 계약을 맺을 뻔했지만
그렇다고 속은 건 목숨 걸고 아닙니다,   255
처녀 총각 양쪽과 약혼을 했으니까.

오르시노   이 청년의 혈통은 고귀하니 놀라지 마시오.
그렇다면 요지경이 진짜인 것 같으니까
이 행복한 파선에서 나도 한몫 챙기겠소.
(비올라에게)
얘, 넌 여자를 나만큼 절대 사랑 않겠노라   260
천 번도 더 넘게 얘기하곤 했었다.

비올라   그 모든 얘기를 거듭하여 맹세하고
그 모든 맹세를 영혼의 진실로 지킬게요,
밤과 낮을 갈라놓는 태양의 천구층이
그 불을 지키듯이.

오르시노   네 손을 이리 줘,   265
그리고 여자 옷 입은 너를 보자꾸나.

비올라   저를 처음 해안으로 데려왔던 선장이
처녀 적 의복을 가졌는데 그는 지금

264행 천구층
고대인들은 행성, 별, 천체가 여기에 붙어 있는 것으로 믿었다. 따라서 태양과 그 천구층이
함께 움직인다고 생각했다.

| | 아씨의 신사이며 시종 중 한 사람인 |
| | 말볼리오의 기소로 구금되어 있답니다. | 270 |

올리비아 풀어 주라 하겠소. — 말볼리오를 데려오라.

하지만, 아, 어쩌나, 이제 기억나는데

불쌍한 그 신사가 얼이 많이 빠졌대요.

(편지 든 페스테와 파비안 등장.)

아주 혼을 빼 놓는 나 자신의 광기로

그의 것은 새카맣게 기억에서 지워졌죠. 275

이봐라, 그는 어때?

페스테 참말로 아씨, 그는 자신의 처지에서 할 수 있는 최선

을 다해 마왕을 떼어 놓고 있답니다. 그가 여기 아

씨께 편지를 썼어요. 오늘 아침에 드렸어야 합니다

만 미친 사람의 서한이 복음은 아닌지라 전달돼도 280

별 의미 없을 것입니다.

올리비아 열어서 읽어 봐라.

페스테 그럼 바보가 광인의 뜻을 전달해 드릴 테니 교육을

잘 받도록 하십시오. (미친 식으로 읽는다.) '주님께

맹세코, 아씨는' — 285

올리비아 왜 그래, 너 미쳤어?

페스테 아뇨, 아씨, 전 광기를 읽을 뿐입니다. 아씨께서 사

실을 그대로 들으시려면 효과음을 허락하셔야만

합니다.

올리비아 제발, 정신 좀 차리고 읽어라. 290

페스테 그러고 있습니다, 마돈나. 하지만 그의 온전한 정신

을 읽는 건 이렇게 읽는 겁니다. 그러므로 공주님,

숙고하고 들으세요.

올리비아 (파비안에게) 이보게, 자네가 읽게.

파비안 (읽는다.) '주님께 맹세코 아씨는 저를 학대하시고 295

세상은 그걸 다 알게 될 것입니다. 어둠 속에 저를

가두고 술 취한 사촌에게 저에 대한 결정권을 주셨

지만 저도 아씨만큼 감각의 도움을 받고 있답니다.

제가 보인 겉모습을 취하도록 유도한 당신의 편지를

가졌어요. 그것으로 제가 아주 옳거나 당신이 아주   300

부끄러움을 밝힐 수 있다고 믿어 의심치 않습니다.

저를 맘대로 생각하십시오. 저는 제 본분을 좀 덜

생각하고 상처받은 마음으로 말합니다.

　　　　　　　　　미치도록 이용당한 말볼리오.'

올리비아　이것을 그가 썼어?　　　　　　　　　305

페스테　예, 아씨.

오르시노　큰 착란에 빠진 것 같지는 않군요.

올리비아　파비안, 그를 꺼내 이리로 데려오게.　(파비안 퇴장)

　　　　각하, 좋으시면 이 일을 더 생각해 보시고

　　　　이 몸을 아내 같은 처남댁이라고 생각하여　　310

　　　　제 집에서 저 자신의 비용으로 같은 날에

　　　　이 인척 관계를 마무리해 주시지요.

오르시노　참으로 기꺼이 그 제안을 받아들입니다.

　　　　(비올라에게) 네 주인이 널 놔준다. 여자의 성정에

　　　　너무나 어긋나고 부드러운 네 교육과　　　　315

　　　　너무나 동떨어진 봉사를 그에게 했으니

　　　　또 나를 참으로 오랫동안 주인이라 불렀으니

　　　　너에게 약속한다. ― 넌 이제 네 주인의

　　　　여주인이 될 것이다.

올리비아　　　　　　　당신은 내 ― 시누이요.

　　　　(편지 든 말볼리오, 파비안과 함께 등장.)

오르시노　이게 그 광인인가?

올리비아　　　　　　　예 각하, 맞습니다.　　　　320

어떤가, 말볼리오?

말볼리오　　　　　　아씨는 저를 학대하셨어요.

지독한 학대를요.

올리비아　　　　　　내가, 말볼리오? 아니야.

말볼리오　하셨어요, 아씨. 이 편지 좀 보십시오.

당신의 필체임을 부인해선 안 되시죠.

가능하면 필체나 문구를 달리해 보십시오.　　　　　325

당신의 봉인과 문장이 아니라고 해 보세요.

그런 말 못 하시죠. 그렇다면 인정하고

명예롭게 품위 갖춰 말씀해 보십시오.

왜 그렇게 분명한 호의의 빛을 주고

저더러 웃음 짓고 교차 대님 매라 하고　　　　　330

노란 양말 신게 하고 토비 경을 비롯한

가벼운 자들에게 눈살을 찌푸리라 하셨는지?

또, 희망 갖고 복종하며 그걸 실행했는데

당신은 왜 저를 감옥에 넣게 하고

어두운 방 안에 가둬 놓고 신부를 보내어　　　　　335

궁리해 낼 수 있는 최고로 지독한

바보 천치 만드셨는지요? 왜 그랬습니까!

올리비아　아 이런, 말볼리오, 이건 내 글씨가 아니야.

철자가 흡사하단 사실을 고백해야겠지만.

하지만 이건 분명 마리아의 필체야.　　　　　340

또 이제 생각하니 말볼리오가 미쳤다고

그녀가 맨 처음 말해 줬어. 근데 자넨

이 편지에 예상된 바로 그런 모습으로

웃음을 지으며 나타났지. 모쪼록 진정하게.

이 계책을 자네에게 참 나쁘게 써먹었어.　　　　　345

하지만 그 까닭과 주모자를 알게 되면

본인이 이 사건의 원고 판관, 양쪽 다
되도록 해 주겠네.

파비안   아씨, 제가 말씀드릴 테니
어떠한 싸움도, 앞으로의 다툼도
놀라움을 금치 못할 이 시각의 분위기를   350
해치지 않게 해 주십시오. 그러길 바라면서
참 솔직히 고백건대 저 자신과 토비가
여기 있는 말볼리오 이 사람의 뻣뻣하고
불손한 점들을 나쁘게 인식하고
이 계략을 썼습니다. 그 편지는 마리아가   355
토비 경이 심하게 졸라서 쓴 것이고
그는 그 보답으로 그녀와 결혼했답니다.
양쪽 편이 서로에게 입혔던 상처를
공평하게 저울질해 보고 이번 일을 얼마나
장난 섞인 악의로 벌였는지 알게 되면   360
복수심보다는 웃음이 일어날 것입니다.

올리비아   아, 딱한 바보, 이리 큰 놀림감이 될 수가!

페스테   글쎄요, '누구는 고귀하게 태어나고 누구는 고귀함
을 이룩하고 또 누구는 고귀함을 떠안게 된답니다.'
저는요, 이 막간극에서요, 토파스 경이란 사람이었   365
는데요, 별건 아니죠. '맹세코 바보야, 난 미치지 않
았어.' 하지만 기억하세요? '아씨, 왜 이따위 시시한
놈을 재미있어하십니까? 아씨께서 웃지 않으시면
그는 입이 막힌답니다.' 이리하여 시간이란 팽이는
복수를 불러온답니다.   370

말볼리오   당신들 패거리 모두에게 복수할 것이오!   (퇴장)

올리비아   그는 참 지독하게 학대받고 있었네요.

오르시노   쫓아가서 그에게 화해를 간청하라.

그는 아직 선장 얘길 해 주지 않았어. (파비안 퇴장)
그 결과를 안 다음 황금 시간 다가올 때   375
소중한 우리들의 영혼은 엄숙히
결합하게 될 것이다. 그때까진 처남댁,
짐은 여기 머물겠소. 이리 와라, 세자리오 ─
남자로 있는 한 그 사람일 테니까.
하지만 다른 옷 입은 네가 나타날 땐   380
오르시노의 애인이며 그 연정의 여왕이리.

　　　　　　　　　　　(페스테만 남고 모두 퇴장)
(페스테가 노래한다.)
　　내 어린 시절에 땅꼬마였을 때
　　　　헤야 디야, 비바람 불었었지.
　　바보짓은 별 볼일 없었어,
　　　　매일 비가 내리곤 했으니까.   385

　　그런데 내가 어른 되었을 때
　　　　헤야 디야, 비바람 불었었지.
　　도둑놈들 때문에 다들 문 걸었어,
　　　　매일 비가 내리곤 했으니까.

　　그런데, 아, 마누라가 생겼을 때   390
　　　　헤야 디야, 비바람 불었었지.
　　등쳐 먹고 잘 살 수는 없었어,
　　　　매일 비가 내리곤 했으니까.

　　그런데 내가 늙어 누웠을 때
　　　　헤야 디야, 비바람 불었었지.   395
　　술고래와 술꾼들은 늘 함께 있었어,

십이야

112

매일 비가 내리곤 했으니까.

오래전에 이 세상은 시작됐고
  헤야 디야, 비바람 불었었지.
하지만 상관없어, 우리 극은 끝났고   400
  여러분 즐겁도록 매일 노력할 테니까.
                          (퇴장)

작품 해설
비올라와 오르시노

월리엄 셰익스피어(1564~1616)는 『실수 희극』(1592~1594)을 시작으로 『잣대엔 잣대로』(1604)까지 총 13편의 희극을 썼다. 그 가운데 여기에 모인 다섯은 ─『한여름 밤의 꿈』(1595~1596), 『베니스의 상인』(1596~1597), 『좋으실 대로』(1599), 『십이야』(1601~1602), 그리고 『헛소문에 큰 소동』(1598~1599) ─ 소위 명작이라 불리는 작품들이다. 이들 희극은 그 내용이 다양하여 한마디로 정의하기는 어렵다. 그러나 이들이 희극으로 분류되는 이유는 적어도 두 가지 공통 요소를 갖추고 있기 때문이다. 우선 이들은 우리 관객이나 독자들에게 전체적으로 슬픔보다는 기쁨, 울음보다는 웃음을 준다. 그 웃음의 성격이 밝고 순수할 수도 있고 조소나 실소에 가까울 수도 있지만 어쨌든 우리를 심각한 슬픔에 빠뜨리거나 울게 하지는 않는다. 둘째, 극의 시작은 비록 심각하거나 비극적일 수 있어도 그런 갈등은 결국 화합에 이르고 행복하게 마무리된다. 적어도 주인공이나 중요한 인물이 죽는 일은 없고 그 대신 화합의 상징인 결혼이 있다. 이것이 여기에 모인 셰익스피어의 다섯 극작품이 희극이란 장르로 묶여 있는 까닭이다. 그러면 이제부터 『십이야』를 희극의 두 핵심 요소 가운데 하나인 결혼이라는 공통분모를 통하여 간략하게 소개해 보기로 하자.

1

『십이야』의 결말에는 세 쌍의 남녀가 결혼한다. 일리리아의 공작 오르시노와 비올라, 비올라의 쌍둥이 오빠 세바스티안과 여백작 올리비아, 올리비아의 친척 토비 경과 그녀의 시녀 마리아가 그들이다. 이 가운데 가장 중요한 쌍은 오르시노와 비올라이고, 이 둘 가운데서도 이 희극의 핵

심적인 역할은 비올라가 맡는다. 왜냐하면 모든 중요한 사건은 비올라를 중심으로 벌어지기 때문이다. 오르시노 공작이 다스리는 나라 일리리아 해안에 난파한 비올라는 환관으로 변장하고 오르시노를 섬기는데 그 오르시노는 올리비아를 사모하고 그녀에게 사랑의 전령으로 비올라를 보내지만 그녀를 남자로 오인한 올리비아가 비올라와 사랑에 빠지게 된다. 이렇듯 복잡하게 얽힌 사랑 관계의 문제는 그 근원이 성 정체성에 대한 오해에서 비롯되기 때문에 비올라의 쌍둥이 오빠 세바스티안이 나타날 때까지는 절대 인위적으로 풀리지 않는다. 오히려 그것을 억지로 풀려고 하면 할수록 혼란만 가중된다. 이 상황에서 비올라가 보이는 태도가 바로 현명한 수동성이다. 즉 사태 해결을 시간에 맡기고 침착하게 인내하며 기다리는 자세이다. "오, 시간이여, 나 말고 네가 이걸 해결해라./이 매듭은 너무 굳어 난 풀지 못하겠다."(2.2.42~43) 이것이 그녀가 오르시노와 결혼하려는 목적을 이루는 열쇠이고 여기에 이 작품의 핵심 주제(사랑)가 담겨 있다. 그러면 이제부터 그녀가 자기 사랑을 성취하는 과정을 따라가 보기로 하자.

1막 1장이 열리면 오르시노 공작이 음악을 들으면서 사랑에 대해 다음과 같은 생각을 밝힌다.

오르시노 사랑이 음악 먹고 자란다면 연주하라.
넘치도록 들려줘라, 그래서 물리면
그 욕구는 병들어 죽어 없어지리라.
그 선율을 반복해 봐, 뚝 떨어지던데.
오, 그것은 제비꽃 강둑 위를 스치는
달콤한 남풍처럼 향기를 훔쳐 와
내 귓전에 뿌리며 들어왔다. 됐다, 그만.
지금은 앞서만큼 달콤하지 않구나.
(음악이 멈춘다.)
오, 애정이여, 넌 얼마나 빠르고 기운찬가.

그래서 용량이 적어 보이는데도
바다처럼 받아들이는구나. 제아무리
가치 있고 고귀한 것들일지라도
그 안에 들어가면 순식간에 줄어들고
값이 뚝 떨어진다. 오로지 연정만이
강렬한 상상이 빚어낸 형상으로 넘친다. (1.1.1~15)

여기에서 오르시노가 말하는 사랑의 세 가지 비유, 음악과 향기와 바다는 오르시노의 심리 상태를 이해하는 데 매우 중요하다. 우선 사랑은 그에게 그게 어떤 상념이든 그 대상이 누구든 한 순간 그에게 기쁨을 주지만 곧 사라지는 선율과 같다. 모든 가락은 잠시 들리다가 고요 속으로 사라진다. 둘째, 이 선율에 실려 오는 사랑은 바람에 묻어 오는 향기와 같다. 그것 또한 잠시 내 후각을 자극하다가 허공으로 사라진다. 셋째, 사랑은 그 수용력이 별것 아닌 것 같지만 일단 들여다보면 마치 바다와 같다. 그래서 아무리 고귀한 사랑의 상념이나 대상이라 할지라도 한번 그 안에 빠지면 곧 줄어들고 가라앉아 없어진다. 이처럼 일시적이고 변덕스러운 그리고 대상 간에 차이를 두지 않는 오르시노의 사랑은 그러나 한 가지 면에서는 한결같다. 왜냐하면 그의 연정은 상상력을 동원하여, 잠시 반짝이다가 사라지기를 되풀이하는 갖가지 형상을 끊임없이 만들어 내기 때문이다. 오르시노의 이런 마음을 현명한 바보 페스테는 나중에 "오팔"(2.4.76)에 비유한다.(얼마나 멋진 그리고 정확한 비유인가!) 그래서 오르시노는 지금 이 오팔이 만들어 내는 환상적인 형체들을, 음악을 들으면서, 바라보며 즐기는 것이고, 올리비아는 사실 그 수많은 형체 가운데 하나를 구체적으로 즐길 수 있는 대상에 지나지 않는다. 그렇기 때문에 그는 올리비아를 직접 만나 그녀의 사랑을 구할 생각은 하지 않고 계속 대리인을 보내는 것이며 나중에 올리비아가 세바스티안과 결혼하여 자기 사랑을 저버렸을 때도 그 사랑의 대상을 올리비아에서 비올라로 비교적 빨리 쉽게 바꿀 수 있다.

2

만약 오르시노의 사랑이 그 대상 선택의 가능성을 무한히 열어 두고 수시로 바꿀 수 있는 특성을 보인다면 올리비아의 사랑은 그 반대의 성향을 보인다. 오르시노 공작을 시중드는 밸런타인의 전언에 의하면 그녀는 자기 오빠의 죽음을 애도하기 위해 칠 년 동안 하늘에게 자기 얼굴을 "넉넉히" 보이지 않을 것이며 "수녀처럼 너울 쓰고 걸으면서/눈에 나쁜 짠물로 자기 방 곳곳을 하루 한 번/적실 거라"(1.1.27~29)고 한다. 이는 사랑의 대상을 하나로 제한하고 다른 모든 가능성을 닫아 버리는 방식이다. 이런 올리비아의 사랑 표현 방식에 오르시노는 커다란 매력을 느끼고 그 오빠의 자리를 자기가 차지하려고 한다. 하지만 그녀의 이런 극단적인 사랑 표현은 현명한 바보 페스테가 교리문답을 통해 지적하듯이 바보짓이다. 올리비아는 오빠의 영혼이 천국에 가 있다고 믿으면서 그것이 마치 지옥에 가 있는 것처럼 슬퍼하고 있으니까.(1.5.64~69) 그리고 우리는 오르시노 공작에게도 같은 말을 할 수 있을 것이다. 그는 세상에 실제로 있을 수 없는 사랑을 추구하고 있으니까.

그렇다면 이 두 사람 사이에서 양쪽을 오가는 비올라의 사랑은 어떠한가? 우리는 앞서 성 정체성의 문제를 시간이 해결해 주기를 기다리는 비올라의 태도를 '현명한 수동성'이라고 말했다. 이제 그 '현명한'을 시간이 아니라 그녀의 사랑에 적용하여 능동적이라는 말로 바꾸면 우리는 왜 비올라가 오르시노와 올리비아 양쪽의 사랑을 받는지 이해할 수 있다. 우선 우리는 비올라가 사랑과 관련하여 수동적이지만은 않다는 사실을 알 수 있다. 왜냐하면 그녀는 오르시노로부터 올리비아에게 가서 자기 사랑을 얻어오라는 명령을 받았을 때 다음과 같이 대답한다. "최선을 다하여/그 숙녀께 구애하죠. (방백) 그렇지만 험난해라,/누구에게 구애하든 그의 아낸 내가 되리."(1.4.40~42) 이는 오르시노의 사랑을 결국에는 자기가 차지하리라는 야무진 다짐이고, 그것을 이루기 위해 그녀는 현명하게 때를 기다리는 적극성을 발휘한다.

이런 능동적인 수동성은 궁극적으로 그녀의 성 정체성에서 비롯된다.

이런 점에서 우리는 그녀가 남장 여자로 오르시노의 총애를 받지만 처음에는 "환관"으로 그의 궁정에 들어간다는 사실에 주목한다. 이는 그녀가 생물학적으로 거세된 남성이라는 뜻이 아니라 심리학적으로 양성의 특징을 다 갖추고 그것을 잘 이해하며 조화시킬 수 있는 사람이라는 뜻이다. 그리고 이것이 그녀가 쌍둥이 오빠 세바스티안과 단순히 외모와 체격에 있어서만 같은 것이 아니라, 그래서 다른 사람들에게 시각적인 혼동을 일으키는 것이 아니라, 내면의 성향이 오빠의 남성성을 상당 부분 수용하고 있다는 의미일 것이다. 그래서 남장을 한 그녀가 오르시노 대신 올리비아를 방문했을 때 하는 말이 강한 호소력을 가지는 것이리라. "주인님의 불꽃으로 내가 당신 사랑하면/그 치열한 고통과 죽음 같은 삶 속에서/당신의 거절은 나에게 무의미할 테고/이해하지 않겠어요."(1.5.256~259) 또한 그래서 남장을 한 그녀가 오르시노에게 "여자들의 남자 사랑 어떤지 너무 잘 알지요./참말로 그들의 진심은 우리와 같답니다."(2.4.107~108)라고 했을 때 그 말이 그에게 예사롭지 않게 들리는 것이리라. 이렇게 비올라는 그녀가 원했던 오르시노의 사랑을 얻게 되고 그 과정에서 바다에 빠져 죽은 줄로만 알았던 오빠 세바스티안이 살아 있을 뿐만 아니라 올리비아와 결혼까지 하여 자신이 빠진 사랑의 난제를 드디어 해결해 준 사실을 알게 된다. 그녀의 현명한 기다리기 작전이 드디어 성공한 셈이다.

3

오르시노, 올리비아 그리고 비올라 사이의 복잡한 관계가 진행되는 동안 우리는 비올라의 성 정체성에 대한 오해 때문에 생기는 여러 사건과 행동에 웃음을 머금는다. 특히 오르시노와 올리비아가 진지한 태도를 보일 때에도 우리는 비올라의 정체를 알기 때문에 한 발 떨어져서 그들의 바보스러운 행동을 여유 있게 지켜볼 수 있다. 또한 토비 트림 경과 파비안이 비올라와 앤드루 학질 경 사이의 칼싸움을 부추길 때 우리는 남장한 비올라의 진짜 두려움과 억지로 용감한 척하는 앤드루 경의 겁쟁이

기질 때문에 웃음을 참을 수 없다.

그러나 이들보다 우리를 훨씬 더 폭소하게 만드는 인물은 올리비아의 집사 말볼리오이다. 그는 마리아가 꾸민 계책에 속아 토비 경과 그 동료들의 웃음거리가 된다. 그 이유는 그 또한 오르시노나 올리비아와 마찬가지로 한 가지 감정에 빠져 있는 인물이기 때문이다. 그 감정은 올리비아가 잘 지적하듯이 지나친 "자애심"(1.5.87)이다. 그는 자기가 대단한 인물이기 때문에 자기 여주인 올리비아가 자신을 사랑한다는 환상에 푹 빠진 나머지 마리아가 조작한 터무니없는 내용의 연애편지에 속아 넘어간다. 그리고 그 편지의 지시대로 노란 양말을 신고 교차 대님을 맨 채 올리비아 앞에 나와 미친 사람 취급을 받는다. 게다가 토비 경으로부터 미치광이처럼 어두운 광 속에 갇히는 일까지 당한다. 이렇게 말볼리오는 그가 제공한 원인보다 더 큰 고통을 당한다. 그래서 만약 그의 억울함을 너무 강조하면 『십이야』의 분위기는 좀 어두워질 수 있다. 특히 그가 극의 결말에서 자기가 어떻게 누구의 놀림감이 되었는지 다 알게 되었을 때 내뱉은 "당신들 패거리 모두에게 복수할 것이오!"(5.1.371)라는 말은 상당한 공감을 불러일으킨다. 하지만 말볼리오의 억울함이 이 극 전체의 희극적 특성을 바꿀 정도로 큰 영향을 끼치는 것은 아니다.

이번 번역은 케이르 엘람(Keir Elam) 편집의 아든(The Arden Shakespeare) 판 『십이야(Twelfth Night)』를 기본으로 하고, G. 블레이크모어 에번스(G. Blakemore Evans) 편집의 리버사이드 셰익스피어(The Riverside Shakespeare) 판과 조너선 베이트와 에릭 라스무센(Jonathan Bate and Eric Rasmussen) 편집의 RSC(The Royal Shakespeare Company) 판을 참조하였다.

작가 연보

1564년	아버지 존 셰익스피어와 어머니 메리 아든의 장남으로 스트랫퍼드어폰에이번에서 태어남. 4월 26일 세례 받음.
1582년	11월 여덟 살 연상의 앤 해서웨이와 결혼.
1583년	딸 수재너 태어남. 5월 26일 세례 받음.
1585년	아들 햄닛과 딸 주디스(쌍둥이) 태어남. 2월 2일 세례 받음.
1588 - 1589년	런던에서 최초의 극작품들이 공연됨.
1588 - 1590년	식구들을 두고 런던으로 감.
1590 - 1591년	3부작 『헨리 6세 (Henry VI)』.
1592 - 1594년	시집 『비너스와 아도니스 (Venus and Adonis)』, 『루크리스의 강간 (The Rape of Lucrece)』 출간. 두 시집 모두 사우샘프턴 백작에게 헌정. 로드 체임벌린스 멘 극단의 주주가 됨. 『리처드 3세 (Richard III)』, 『실수 희극 (The Comedy of Errors)』, 『티투스 안드로니쿠스 (Titus Andronicus)』, 『말괄량이 길들이기 (The Taming of the Shrew)』,

『베로나의 두 신사 (The Two Gentlemen of Verona)』.

1595 – 1597년	『사랑의 수고는 수포로 (Love's Labour's Lost)』, 『존 왕 (King John)』, 『리처드 2세 (Richard II)』, 『로미오와 줄리엣 (Romeo and Juliet)』, 『한여름 밤의 꿈 (A Midsummer Night's Dream)』, 『베니스의 상인 (The Merchant of Venice)』, 『헨리 4세 1부 (Henry IV, Part 1)』, 『윈저의 즐거운 아낙네들 (The Merry Wives of Windsor)』.
1596년	아들 햄닛 사망. 부친의 문장을 사용하는 것을 허가받음.
1597년	스트랫퍼드에서 뉴 플레이스 저택 구입.
1598 – 1599년	『헨리 4세 2부 (Henry IV, Part 2)』, 『헛소문에 큰 소동 (Much Ado About Nothing)』, 『헨리 5세 (Henry V)』, 『줄리어스 시저 (Julius Caesar)』, 『좋으실 대로 (As You Like It)』. 셰익스피어의 극단이 새로운 글로브 극장으로 옮겨 감.
1600년	『햄릿 (Hamlet)』.
1601 – 1602년	시집 『불사조와 산비둘기 (The Phoenix and the Turtle)』 출간. 『십이야 (Twelfth Night, or What You Will)』,

십이야

『드로일로스와 크레시다 (Troilus and Cressida)』,
『끝이 좋으면 다 좋다 (All's Well That Ends Well)』.

1601년	부친 사망. 9월 8일 장례.
1603년	엘리자베스 여왕 사망. 스코틀랜드의 제임스 6세가 영국의 제임스 1세가 됨. 셰익스피어의 극단이 킹스 멘이 됨.
1604년	『잣대엔 잣대로 (Measure for Measure)』, 『오셀로 (Othello)』.
1605년	『리어 왕 (King Lear)』.
1606년	『맥베스 (Macbeth)』, 『안토니와 클레오파트라 (Antony and Cleopatra)』.
1607년	6월 5일 딸 수재너 결혼.
1607 - 1608년	『코리올레이너스 (Coriolanus)』, 『아테네의 티몬 (Timon of Athens)』, 『페리클레스 (Pericles)』.
1608년	모친 사망. 9월 9일 장례.
1609 - 1610년	『심벌린 (Cymbeline)』, 『겨울 이야기 (The Winter's Tale)』. 『소네트 (Sonnets)』 출간.

셰익스피어의 극단이 블랙프라이어스 극장을 매입.

1611년	『태풍(The Tempest)』.
	스트랫퍼드로 은퇴.
1612 - 1613년	『헨리 8세(Henry VIII)』, 『카르데니오(Cardenio)』,
	『두 귀족 친척(The Two Noble Kinsman)』.
1616년	2월 10일 딸 주디스 결혼.
	스트랫퍼드에서 4월 23일 사망.
1623년	글로브 극장 시절의 동료 배우 존 헤밍과 헨리 콘델 이 편집한 셰익스피어의 극작품들이 이절판으로 출판됨.
	부인 앤 해서웨이 사망.

Twelfth Night

Characters in the Play

VIOLA, a lady of Messaline shipwrecked on the coast of Illyria
(later disguised as CESARIO)
OLIVIA, an Illyrian countess
MARIA, her waiting-gentlewoman
SIR TOBY BELCH, Olivia's kinsman
SIR ANDREW AGUECHEEK, Sir Toby's companion
MALVOLIO, steward in Olivia's household
FOOL, Olivia's jester, named Feste
FABIAN, a gentleman in Olivia's household
ORSINO, duke (or count) of Illyria
VALENTINE ⎤
⎟ Gentlemen serving Orsino
CURIO ⎦
SEBASTIAN, Viola's brother
ANTONIO, friend to Sebastian
CAPTAIN
PRIEST
Two OFFICERS

Lords, Sailors, Musicians, and other Attendants

ACT 1 Scene 1

Enter Orsino, Duke of Illyria, Curio, and other Lords,
with Musicians playing.

ORSINO   If music be the food of love, play on.

Give me excess of it, that, surfeiting,

The appetite may sicken and so die.

That strain again! It had a dying fall.

O, it came o'er my ear like the sweet sound

That breathes upon a bank of violets,

Stealing and giving odor. Enough; no more.

'Tis not so sweet now as it was before.

O spirit of love, how quick and fresh art thou,

That, notwithstanding thy capacity

Receiveth as the sea, naught enters there,

Of what validity and pitch soe'er,

But falls into abatement and low price

Even in a minute. So full of shapes is fancy

That it alone is high fantastical.

CURIO   Will you go hunt, my lord?

ORSINO   What, Curio?

CURIO   The hart.

ORSINO   Why, so I do, the noblest that I have.

O, when mine eyes did see Olivia first,

Methought she purged the air of pestilence.

That instant was I turned into a hart,

And my desires, like fell and cruel hounds,

E'er since pursue me.

[Enter Valentine.]

How now, what news from her?

VALENTINE So please my lord, I might not be admitted,
But from her handmaid do return this answer:
The element itself, till seven years' heat,
Shall not behold her face at ample view,
But like a cloistress she will veiled walk,
And water once a day her chamber round
With eye-offending brine — all this to season
A brother's dead love, which she would keep fresh
And lasting in her sad remembrance.

ORSINO O, she that hath a heart of that fine frame
To pay this debt of love but to a brother,
How will she love when the rich golden shaft
Hath killed the flock of all affections else
That live in her; when liver, brain, and heart,
These sovereign thrones, are all supplied, and filled
Her sweet perfections with one self king!
Away before me to sweet beds of flowers!
Love thoughts lie rich when canopied with bowers.

[They exit.]

ACT 1 Scene 2

Enter Viola, a Captain, and Sailors.

VIOLA What country, friends, is this?
CAPTAIN This is Illyria, lady.

VIOLA   And what should I do in Illyria?

          My brother he is in Elysium.

          Perchance he is not drowned.

          — What think you, sailors?

CAPTAIN   It is perchance that you yourself were saved.

VIOLA   O, my poor brother! And so perchance may he be.

CAPTAIN   True, madam. And to comfort you with chance,

          Assure yourself, after our ship did split,

          When you and those poor number saved with you

          Hung on our driving boat, I saw your brother,

          Most provident in peril, bind himself

          (Courage and hope both teaching him the practice)

          To a strong mast that lived upon the sea,

          Where, like Arion on the dolphin's back,

          I saw him hold acquaintance with the waves

          So long as I could see.

VIOLA   [giving him money] For saying so, there's gold.

          Mine own escape unfoldeth to my hope,

          Whereto thy speech serves for authority,

          The like of him. Know'st thou this country?

CAPTAIN   Ay, madam, well, for I was bred and born

          Not three hours' travel from this very place.

VIOLA   Who governs here?

CAPTAIN   A noble duke, in nature as in name.

VIOLA   What is his name?

CAPTAIN   Orsino.

VIOLA   Orsino. I have heard my father name him.

          He was a bachelor then.

CAPTAIN   And so is now, or was so very late;

          For but a month ago I went from hence,

          And then 'twas fresh in murmur (as, you know,

What great ones do the less will prattle of)

That he did seek the love of fair Olivia.

VIOLA   What's she?

CAPTAIN   A virtuous maid, the daughter of a count

That died some twelvemonth since, then leaving her

In the protection of his son, her brother,

Who shortly also died, for whose dear love,

They say, she hath abjured the sight

And company of men.

VIOLA   O, that I served that lady,

And might not be delivered to the world

Till I had made mine own occasion mellow,

What my estate is.

CAPTAIN   That were hard to compass

Because she will admit no kind of suit,

No, not the Duke's.

VIOLA   There is a fair behavior in thee, captain,

And though that nature with a beauteous wall

Doth oft close in pollution, yet of thee

I will believe thou hast a mind that suits

With this thy fair and outward character.

I prithee — and I'll pay thee bounteously —

Conceal me what I am, and be my aid

For such disguise as haply shall become

The form of my intent. I'll serve this duke.

Thou shalt present me as an eunuch to him.

It may be worth thy pains, for I can sing

And speak to him in many sorts of music

That will allow me very worth his service.

What else may hap, to time I will commit.

Only shape thou thy silence to my wit.

CAPTAIN	Be you his eunuch, and your mute I'll be.
	When my tongue blabs, then let mine eyes not see.
VIOLA	I thank thee. Lead me on.

[They exit.]

ACT 1 Scene 3

Enter Sir Toby and Maria.

TOBY	What a plague means my niece to take the death of her brother thus? I am sure care's an enemy to life.
MARIA	By my troth, Sir Toby, you must come in earlier o' nights. Your cousin, my lady, takes great exceptions to your ill hours.
TOBY	Why, let her except before excepted!
MARIA	Ay, but you must confine yourself within the modest limits of order.
TOBY	Confine? I'll confine myself no finer than I am. These clothes are good enough to drink in, and so be these boots too. An they be not, let them hang themselves in their own straps!
MARIA	That quaffing and drinking will undo you. I heard my lady talk of it yesterday, and of a foolish knight that you brought in one night here to be her wooer.
TOBY	Who, Sir Andrew Aguecheek?
MARIA	Ay, he.
TOBY	He's as tall a man as any 's in Illyria.
MARIA	What's that to th' purpose?
TOBY	Why, he has three thousand ducats a year!

MARIA	Ay, but he'll have but a year in all these ducats. He's a very fool and a prodigal.
TOBY	Fie that you'll say so! He plays o' th' viol-de-gamboys and speaks three or four languages word for word without book, and hath all the good gifts of nature.
MARIA	He hath indeed, almost natural, for, besides that he's a fool, he's a great quarreler, and, but that he hath the gift of a coward to allay the gust he hath in quarreling, 'tis thought among the prudent he would quickly have the gift of a grave.
TOBY	By this hand, they are scoundrels and substractors that say so of him. Who are they?
MARIA	They that add, moreover, he's drunk nightly in your company.
TOBY	With drinking healths to my niece. I'll drink to her as long as there is a passage in my throat and drink in Illyria. He's a coward and a coistrel that will not drink to my niece till his brains turn o' th' toe like a parish top. What, wench! Castiliano vulgo, for here comes Sir Andrew Agueface.

[Enter Sir Andrew.]

ANDREW	Sir Toby Belch! How now, Sir Toby Belch?
TOBY	Sweet Sir Andrew!
ANDREW	[to Maria] Bless you, fair shrew.
MARIA	And you too, sir.
TOBY	Accost, Sir Andrew, accost!
ANDREW	What's that?
TOBY	My niece's chambermaid.
ANDREW	Good Mistress Accost, I desire better acquaintance.
MARIA	My name is Mary, sir.
ANDREW	Good Mistress Mary Accost —
TOBY	You mistake, knight. "Accost" is front her, board

	her, woo her, assail her.
ANDREW	By my troth, I would not undertake her in this company. Is that the meaning of "accost"?
MARIA	Fare you well, gentlemen. [She begins to exit.]
TOBY	An thou let part so, Sir Andrew, would thou mightst never draw sword again.
ANDREW	An you part so, mistress, I would I might never draw sword again. Fair lady, do you think you have fools in hand?
MARIA	Sir, I have not you by th' hand.
ANDREW	Marry, but you shall have, and here's my hand.
	[He offers his hand.]
MARIA	[taking his hand] Now sir, thought is free. I pray you, bring your hand to th' butt'ry bar and let it drink.
ANDREW	Wherefore, sweetheart? What's your metaphor?
MARIA	It's dry, sir.
ANDREW	Why, I think so. I am not such an ass but I can keep my hand dry. But what's your jest?
MARIA	A dry jest, sir.
ANDREW	Are you full of them?
MARIA	Ay, sir, I have them at my fingers' ends. Marry, now I let go your hand, I am barren. [Maria exits.]
TOBY	O knight, thou lack'st a cup of canary! When did I see thee so put down?
ANDREW	Never in your life, I think, unless you see canary put me down. Methinks sometimes I have no more wit than a Christian or an ordinary man has. But I am a great eater of beef, and I believe that does harm to my wit.
TOBY	No question.
ANDREW	An I thought that, I'd forswear it. I'll ride

home tomorrow, Sir Toby.

TOBY   Pourquoi, my dear knight?

ANDREW What is "pourquoi"? Do, or not do? I would I had
        bestowed that time in the tongues that I have in
        fencing, dancing, and bearbaiting. O, had I but
        followed the arts!

TOBY   Then hadst thou had an excellent head of hair.

ANDREW Why, would that have mended my hair?

TOBY   Past question, for thou seest it will not curl by nature.

ANDREW But it becomes me well enough, does 't not?

TOBY   Excellent! It hangs like flax on a distaff, and I hope to
        see a huswife take thee between her legs and spin it off.

ANDREW Faith, I'll home tomorrow, Sir Toby. Your niece will
        not be seen, or if she be, it's four to one she'll none
        of me. The Count himself here hard by woos her.

TOBY   She'll none o' th' Count. She'll not match above
        her degree, neither in estate, years, nor wit. I have
        heard her swear 't. Tut, there's life in 't, man.

ANDREW I'll stay a month longer. I am a fellow o' th'
        strangest mind i' th' world. I delight in masques
        and revels sometimes altogether.

TOBY   Art thou good at these kickshawses, knight?

ANDREW As any man in Illyria, whatsoever he be,
        under the degree of my betters, and yet I will not
        compare with an old man.

TOBY   What is thy excellence in a galliard, knight?

ANDREW Faith, I can cut a caper.

TOBY   And I can cut the mutton to 't.

ANDREW And I think I have the back-trick simply as
        strong as any man in Illyria.

TOBY   Wherefore are these things hid? Wherefore have

these gifts a curtain before 'em? Are they like to take dust, like Mistress Mall's picture? Why dost thou not go to church in a galliard and come home in a coranto? My very walk should be a jig. I would not so much as make water but in a sink-a-pace. What dost thou mean? Is it a world to hide virtues in? I did think, by the excellent constitution of thy leg, it was formed under the star of a galliard.

ANDREW Ay, 'tis strong, and it does indifferent well in a dun-colored stock. Shall we set about some revels?

TOBY What shall we do else? Were we not born under Taurus?

ANDREW Taurus? That's sides and heart.

TOBY No, sir, it is legs and thighs. Let me see thee caper. [Sir Andrew dances.] Ha, higher! Ha, ha, excellent!

[They exit.]

ACT 1 Scene 4

Enter Valentine, and Viola in man's attire as Cesario.

VALENTINE If the Duke continue these favors towards you, Cesario, you are like to be much advanced. He hath known you but three days, and already you are no stranger.

VIOLA You either fear his humor or my negligence, that you call in question the continuance of his love. Is he inconstant, sir, in his favors?

VALENTINE No, believe me.

VIOLA I thank you.

[Enter Orsino, Curio, and Attendants.]

Here comes the Count.

ORSINO Who saw Cesario, ho?

VIOLA On your attendance, my lord, here.

ORSINO [to Curio and Attendants]

Stand you awhile aloof. — Cesario,

Thou know'st no less but all. I have unclasped

To thee the book even of my secret soul.

Therefore, good youth, address thy gait unto her.

Be not denied access. Stand at her doors

And tell them, there thy fixed foot shall grow

Till thou have audience.

VIOLA Sure, my noble lord,

If she be so abandoned to her sorrow

As it is spoke, she never will admit me.

ORSINO Be clamorous and leap all civil bounds

Rather than make unprofited return.

VIOLA Say I do speak with her, my lord, what then?

ORSINO O, then unfold the passion of my love.

Surprise her with discourse of my dear faith.

It shall become thee well to act my woes.

She will attend it better in thy youth

Than in a nuncio's of more grave aspect.

VIOLA I think not so, my lord.

ORSINO Dear lad, believe it;

For they shall yet belie thy happy years

That say thou art a man. Diana's lip

Is not more smooth and rubious, thy small pipe

Is as the maiden's organ, shrill and sound,

And all is semblative a womans part.

I know thy constellation is right apt

For this affair. — Some four or five attend him,

All, if you will, for I myself am best

When least in company. — Prosper well in this

And thou shalt live as freely as thy lord,

To call his fortunes thine.

VIOLA   I'll do my best

To woo your lady. [Aside.] Yet a barful strife!

Whoe'er I woo, myself would be his wife.

[They exit.]

ACT 1 Scene 5

Enter Maria and Feste, the Fool.

MARIA   Nay, either tell me where thou hast been, or I will
         not open my lips so wide as a bristle may enter in
         way of thy excuse. My lady will hang thee for thy
         absence.

FOOL   Let her hang me. He that is well hanged in this
         world needs to fear no colors.

MARIA   Make that good.

FOOL   He shall see none to fear.

MARIA   A good Lenten answer. I can tell thee where
         that saying was born, of "I fear no colors."

FOOL   Where, good Mistress Mary?

MARIA   In the wars; and that may you be bold to say in
         your foolery.

FOOL   Well, God give them wisdom that have it, and
         those that are Fools, let them use their talents.

MARIA   Yet you will be hanged for being so long absent. Or to
be turned away, is not that as good as a hanging to you?

FOOL   Many a good hanging prevents a bad marriage,
and, for turning away, let summer bear it out.

MARIA   You are resolute, then?

FOOL   Not so, neither, but I am resolved on two points.

MARIA   That if one break, the other will hold, or if both
break, your gaskins fall.

FOOL   Apt, in good faith, very apt. Well, go thy way. If Sir
Toby would leave drinking, thou wert as witty a
piece of Eve's flesh as any in Illyria.

MARIA   Peace, you rogue. No more o' that. Here comes
my lady. Make your excuse wisely, you were best.

                                            [She exits.]

          [Enter Lady Olivia with Malvolio and Attendants.]

FOOL   [aside] Wit, an 't be thy will, put me into good fooling!
Those wits that think they have thee do very oft
prove fools, and I that am sure I lack thee may pass
for a wise man. For what says Quinapalus?
"Better a witty Fool than a foolish wit." — God bless
thee, lady!

OLIVIA   Take the Fool away.

FOOL   Do you not hear, fellows? Take away the Lady.

OLIVIA   Go to, you're a dry Fool. I'll no more of you.
Besides, you grow dishonest.

FOOL   Two faults, madonna, that drink and good counsel
will amend. For give the dry Fool drink, then is
the Fool not dry. Bid the dishonest man mend
himself; if he mend, he is no longer dishonest; if he
cannot, let the botcher mend him. Anything that's
mended is but patched; virtue that transgresses is

but patched with sin, and sin that amends is but
patched with virtue. If that this simple syllogism
will serve, so; if it will not, what remedy? As there is
no true cuckold but calamity, so beauty's a flower.
The Lady bade take away the Fool. Therefore, I say
again, take her away.

OLIVIA Sir, I bade them take away you.

FOOL Misprision in the highest degree! Lady, cucullus
non facit monachum. That's as much to say as, I
wear not motley in my brain. Good madonna, give
me leave to prove you a fool.

OLIVIA Can you do it?

FOOL Dexteriously, good madonna.

OLIVIA Make your proof.

FOOL I must catechize you for it, madonna. Good my
mouse of virtue, answer me.

OLIVIA Well, sir, for want of other idleness, I'll bide your proof.

FOOL Good madonna, why mourn'st thou?

OLIVIA Good Fool, for my brother's death.

FOOL I think his soul is in hell, madonna.

OLIVIA I know his soul is in heaven, Fool.

FOOL The more fool, madonna, to mourn for your brother's
soul, being in heaven. Take away the fool, gentlemen.

OLIVIA What think you of this Fool, Malvolio? Doth he not mend?

MALVOLIO Yes, and shall do till the pangs of death
shake him. Infirmity, that decays the wise, doth
ever make the better Fool.

FOOL God send you, sir, a speedy infirmity, for the
better increasing your folly! Sir Toby will be sworn
that I am no fox, but he will not pass his word for
twopence that you are no fool.

OLIVIA   How say you to that, Malvolio?

MALVOLIO   I marvel your Ladyship takes delight in such a barren
              rascal. I saw him put down the other day with an
              ordinary fool that has no more brain than a stone.
              Look you now, he's out of his guard already. Unless
              you laugh and minister occasion to him, he is gagged.
              I protest I take these wise men that crow so at these
              set kind of Fools no better than the Fools' zanies.

OLIVIA   O, you are sick of self-love, Malvolio, and taste
              with a distempered appetite. To be generous, guiltless,
              and of free disposition is to take those things
              for bird-bolts that you deem cannon bullets. There
              is no slander in an allowed Fool, though he do
              nothing but rail; nor no railing in a known discreet
              man, though he do nothing but reprove.

FOOL   Now Mercury endue thee with leasing, for thou
              speak'st well of Fools!

                                          [Enter Maria.]

MARIA   Madam, there is at the gate a young gentleman
              much desires to speak with you.

OLIVIA   From the Count Orsino, is it?

MARIA   I know not, madam. 'Tis a fair young man, and
              well attended.

OLIVIA   Who of my people hold him in delay?

MARIA   Sir Toby, madam, your kinsman.

OLIVIA   Fetch him off, I pray you. He speaks nothing
              but madman. Fie on him! [Maria exits.] Go you,
              Malvolio. If it be a suit from the Count, I am sick,
              or not at home; what you will, to dismiss it. [(Malvolio
              exits.)] Now you see, sir, how your fooling
              grows old, and people dislike it.

FOOL   Thou hast spoke for us, madonna, as if thy eldest
son should be a Fool, whose skull Jove cram with
brains, for — here he comes — one of thy kin has a
most weak pia mater.

                                          [Enter Sir Toby.]

OLIVIA   By mine honor, half drunk! — What is he at the gate, cousin?

TOBY   A gentleman.

OLIVIA   A gentleman? What gentleman?

TOBY   'Tis a gentleman here — a plague o' these pickle
herring! — How now, sot?

FOOL   Good Sir Toby.

OLIVIA   Cousin, cousin, how have you come so early by
this lethargy?

TOBY   Lechery? I defy lechery. There's one at the gate.

OLIVIA   Ay, marry, what is he?

TOBY   Let him be the devil an he will, I care not. Give
me faith, say I. Well, it's all one.   [He exits.]

OLIVIA   What's a drunken man like, Fool?

FOOL   Like a drowned man, a fool, and a madman. One
draught above heat makes him a fool, the second
mads him, and a third drowns him.

OLIVIA   Go thou and seek the crowner and let him sit o'
my coz, for he's in the third degree of drink: he's
drowned. Go look after him.

FOOL   He is but mad yet, madonna, and the Fool shall
look to the madman.   [He exits.]

                                          [Enter Malvolio.]

MALVOLIO   Madam, yond young fellow swears he will speak
with you. I told him you were sick; he takes on
him to understand so much, and therefore comes
to speak with you. I told him you were asleep; he

	seems to have a foreknowledge of that too, and
	therefore comes to speak with you. What is to be
	said to him, lady? He's fortified against any denial.
OLIVIA	Tell him he shall not speak with me.
MALVOLIO	Has been told so, and he says he'll stand at
	your door like a sheriff's post and be the supporter
	to a bench, but he'll speak with you.
OLIVIA	What kind o' man is he?
MALVOLIO	Why, of mankind.
OLIVIA	What manner of man?
MALVOLIO	Of very ill manner. He'll speak with you, will you or no.
OLIVIA	Of what personage and years is he?
MALVOLIO	Not yet old enough for a man, nor young enough
	for a boy — as a squash is before 'tis a peascod, or
	a codling when 'tis almost an apple. 'Tis with him
	in standing water, between boy and man. He is very
	well-favored, and he speaks very shrewishly. One would
	think his mother's milk were scarce out of him.
OLIVIA	Let him approach. Call in my gentlewoman.
MALVOLIO	Gentlewoman, my lady calls. [He exits.]
	[Enter Maria.]
OLIVIA	Give me my veil. Come, throw it o'er my face.
	[Olivia veils.]
	We'll once more hear Orsino's embassy.
	[Enter Viola.]
VIOLA	The honorable lady of the house, which is she?
OLIVIA	Speak to me. I shall answer for her. Your will?
VIOLA	Most radiant, exquisite, and unmatchable
	beauty — I pray you, tell me if this be the lady of the
	house, for I never saw her. I would be loath to cast
	away my speech, for, besides that it is excellently

well penned, I have taken great pains to con it. Good beauties, let me sustain no scorn. I am very comptible even to the least sinister usage.

OLIVIA Whence came you, sir?

VIOLA I can say little more than I have studied, and that question's out of my part. Good gentle one, give me modest assurance if you be the lady of the house, that I may proceed in my speech.

OLIVIA Are you a comedian?

VIOLA No, my profound heart. And yet by the very fangs of malice I swear I am not that I play. Are you the lady of the house?

OLIVIA If I do not usurp myself, I am.

VIOLA Most certain, if you are she, you do usurp yourself, for what is yours to bestow is not yours to reserve. But this is from my commission. I will on with my speech in your praise and then show you the heart of my message.

OLIVIA Come to what is important in 't. I forgive you the praise.

VIOLA Alas, I took great pains to study it, and 'tis poetical.

OLIVIA It is the more like to be feigned. I pray you, keep it in. I heard you were saucy at my gates, and allowed your approach rather to wonder at you than to hear you. If you be not mad, begone; if you have reason, be brief. 'Tis not that time of moon with me to make one in so skipping a dialogue.

MARIA Will you hoist sail, sir? Here lies your way.

VIOLA No, good swabber, I am to hull here a little longer. — Some mollification for your giant, sweet lady.

OLIVIA Tell me your mind.

VIOLA I am a messenger.

145

OLIVIA	Sure you have some hideous matter to deliver when the courtesy of it is so fearful. Speak your office.
VIOLA	It alone concerns your ear. I bring no overture of war, no taxation of homage. I hold the olive in my hand. My words are as full of peace as matter.
OLIVIA	Yet you began rudely. What are you? What would you?
VIOLA	The rudeness that hath appeared in me have I learned from my entertainment. What I am and what I would are as secret as maidenhead: to your ears, divinity; to any other's, profanation.
OLIVIA	Give us the place alone. We will hear this divinity.
	[Maria and Attendants exit.]
	Now, sir, what is your text?
VIOLA	Most sweet lady —
OLIVIA	A comfortable doctrine, and much may be said of it. Where lies your text?
VIOLA	In Orsino's bosom.
OLIVIA	In his bosom? In what chapter of his bosom?
VIOLA	To answer by the method, in the first of his heart.
OLIVIA	O, I have read it; it is heresy. Have you no more to say?
VIOLA	Good madam, let me see your face.
OLIVIA	Have you any commission from your lord to negotiate with my face? You are now out of your text. But we will draw the curtain and show you the picture. [She removes her veil.] Look you, sir, such a one I was this present. Is 't not well done?
VIOLA	Excellently done, if God did all.
OLIVIA	'Tis in grain, sir; 'twill endure wind and weather.
VIOLA	'Tis beauty truly blent, whose red and white Nature's own sweet and cunning hand laid on. Lady, you are the cruel'st she alive

	If you will lead these graces to the grave
	And leave the world no copy.
OLIVIA	O, sir, I will not be so hard-hearted! I will give
	out divers schedules of my beauty. It shall be
	inventoried and every particle and utensil labeled
	to my will: as, item, two lips indifferent red; item,
	two gray eyes with lids to them; item, one neck, one
	chin, and so forth. Were you sent hither to praise me?
VIOLA	I see you what you are. You are too proud.
	But if you were the devil you are fair.
	My lord and master loves you. O, such love
	Could be but recompensed though you were crowned
	The nonpareil of beauty.
OLIVIA	How does he love me?
VIOLA	With adorations, fertile tears,
	With groans that thunder love, with sighs of fire.
OLIVIA	Your lord does know my mind. I cannot love him.
	Yet I suppose him virtuous, know him noble,
	Of great estate, of fresh and stainless youth;
	In voices well divulged, free, learned, and valiant,
	And in dimension and the shape of nature
	A gracious person. But yet I cannot love him.
	He might have took his answer long ago.
VIOLA	If I did love you in my master's flame,
	With such a suff'ring, such a deadly life,
	In your denial I would find no sense.
	I would not understand it.
OLIVIA	Why, what would you?
VIOLA	Make me a willow cabin at your gate
	And call upon my soul within the house,
	Write loyal cantons of contemned love

And sing them loud even in the dead of night,
Hallow your name to the reverberate hills
And make the babbling gossip of the air
Cry out "Olivia!" O, you should not rest
Between the elements of air and earth
But you should pity me.

OLIVIA   You might do much.
What is your parentage?

VIOLA   Above my fortunes, yet my state is well.
I am a gentleman.

OLIVIA   Get you to your lord.
I cannot love him. Let him send no more —
Unless perchance you come to me again
To tell me how he takes it. Fare you well.
I thank you for your pains. Spend this for me.

                              [She offers money.]

VIOLA   I am no fee'd post, lady. Keep your purse.
My master, not myself, lacks recompense.
Love make his heart of flint that you shall love,
And let your fervor, like my master's, be
Placed in contempt. Farewell, fair cruelty.

                                    [She exits.]

OLIVIA   "What is your parentage?"
"Above my fortunes, yet my state is well.
I am a gentleman." I'll be sworn thou art.
Thy tongue, thy face, thy limbs, actions, and spirit
Do give thee fivefold blazon. Not too fast! Soft, soft!
Unless the master were the man. How now?
Even so quickly may one catch the plague?
Methinks I feel this youth's perfections
With an invisible and subtle stealth

To creep in at mine eyes. Well, let it be. —

What ho, Malvolio!

[Enter Malvolio.]

MALVOLIO   Here, madam, at your service.

OLIVIA   Run after that same peevish messenger,

The County's man. He left this ring behind him,

Would I or not. Tell him I'll none of it.

[She hands him a ring.]

Desire him not to flatter with his lord,

Nor hold him up with hopes. I am not for him.

If that the youth will come this way tomorrow,

I'll give him reasons for 't. Hie thee, Malvolio.

MALVOLIO   Madam, I will.   [He exits.]

OLIVIA   I do I know not what, and fear to find

Mine eye too great a flatterer for my mind.

Fate, show thy force. Ourselves we do not owe.

What is decreed must be, and be this so.

[She exits.]

ACT 2 Scene 1

Enter Antonio and Sebastian.

ANTONIO   Will you stay no longer? Nor will you not that

I go with you?

SEBASTIAN   By your patience, no. My stars shine darkly

over me. The malignancy of my fate might perhaps

distemper yours. Therefore I shall crave of you your

leave that I may bear my evils alone. It were a bad

	recompense for your love to lay any of them on you.
ANTONIO	Let me yet know of you whither you are bound.
SEBASTIAN	No, sooth, sir. My determinate voyage is
	mere extravagancy. But I perceive in you so excellent
	a touch of modesty that you will not extort
	from me what I am willing to keep in. Therefore it
	charges me in manners the rather to express myself.
	You must know of me, then, Antonio, my name
	is Sebastian, which I called Roderigo. My father was
	that Sebastian of Messaline whom I know you have
	heard of. He left behind him myself and a sister,
	both born in an hour. If the heavens had been
	pleased, would we had so ended! But you, sir,
	altered that, for some hour before you took me
	from the breach of the sea was my sister drowned.
ANTONIO	Alas the day!
SEBASTIAN	A lady, sir, though it was said she much resembled
	me, was yet of many accounted beautiful. But
	though I could not with such estimable wonder
	overfar believe that, yet thus far I will boldly publish
	her: she bore a mind that envy could not but call fair.
	She is drowned already, sir, with salt water, though I
	seem to drown her remembrance again with more.
ANTONIO	Pardon me, sir, your bad entertainment.
SEBASTIAN	O good Antonio, forgive me your trouble.
ANTONIO	If you will not murder me for my love, let me
	be your servant.
SEBASTIAN	If you will not undo what you have done —
	that is, kill him whom you have recovered — desire
	it not. Fare you well at once. My bosom is full of
	kindness, and I am yet so near the manners of my

mother that, upon the least occasion more, mine
eyes will tell tales of me. I am bound to the Count
Orsino's court. Farewell.   [He exits.]

ANTONIO   The gentleness of all the gods go with thee!
I have many enemies in Orsino's court,
Else would I very shortly see thee there.
But come what may, I do adore thee so
That danger shall seem sport, and I will go.

                                              [He exits.]

ACT 2 Scene 2

Enter Viola and Malvolio, at several doors.

MALVOLIO   Were not you even now with the Countess Olivia?

VIOLA   Even now, sir. On a moderate pace I have since
arrived but hither.

MALVOLIO   She returns this ring to you, sir. You might
have saved me my pains to have taken it away
yourself. She adds, moreover, that you should put
your lord into a desperate assurance she will none
of him. And one thing more, that you be never so
hardy to come again in his affairs unless it be to
report your lord's taking of this. Receive it so.

VIOLA   She took the ring of me. I'll none of it.

MALVOLIO   Come, sir, you peevishly threw it to her, and
her will is it should be so returned. [He throws
down the ring.] If it be worth stooping for, there it
lies in your eye; if not, be it his that finds it.

VIOLA   I left no ring with her. What means this lady?

                          [She picks up the ring.]

Fortune forbid my outside have not charmed her!

She made good view of me, indeed so much

That methought her eyes had lost her tongue,

For she did speak in starts distractedly.

She loves me, sure! The cunning of her passion

Invites me in this churlish messenger.

None of my lord's ring? Why, he sent her none!

I am the man. If it be so, as 'tis,

Poor lady, she were better love a dream.

Disguise, I see thou art a wickedness

Wherein the pregnant enemy does much.

How easy is it for the proper false

In women's waxen hearts to set their forms!

Alas, our frailty is the cause, not we,

For such as we are made of, such we be.

How will this fadge? My master loves her dearly,

And I, poor monster, fond as much on him,

And she, mistaken, seems to dote on me.

What will become of this? As I am man,

My state is desperate for my master's love.

As I am woman (now, alas the day!),

What thriftless sighs shall poor Olivia breathe!

O Time, thou must untangle this, not I.

It is too hard a knot for me t' untie.

                          [She exits.]

ACT 2 Scene 3

Enter Sir Toby and Sir Andrew.

TOBY Approach, Sir Andrew. Not to be abed after midnight is to be up betimes, and "diluculo surgere," thou know'st —

ANDREW Nay, by my troth, I know not. But I know to be up late is to be up late.

TOBY A false conclusion. I hate it as an unfilled can. To be up after midnight and to go to bed then, is early, so that to go to bed after midnight is to go to bed betimes. Does not our lives consist of the four elements?

ANDREW Faith, so they say, but I think it rather consists of eating and drinking.

TOBY Thou 'rt a scholar. Let us therefore eat and drink. Marian, I say, a stoup of wine!

[Enter Feste, the Fool.]

ANDREW Here comes the Fool, i' faith.

FOOL How now, my hearts? Did you never see the picture of "We Three"?

TOBY Welcome, ass! Now let's have a catch.

ANDREW By my troth, the Fool has an excellent breast. I had rather than forty shillings I had such a leg, and so sweet a breath to sing, as the Fool has. — In sooth, thou wast in very gracious fooling last night when thou spok'st of Pigrogromitus of the Vapians passing the equinoctial of Queubus. 'Twas very good, i' faith. I sent thee sixpence for thy leman. Hadst it?

FOOL I did impeticos thy gratillity, for Malvolio's nose

is no whipstock, my lady has a white hand, and the
Myrmidons are no bottle-ale houses.

ANDREW   Excellent! Why, this is the best fooling when
all is done. Now, a song!

TOBY   [giving money to the Fool] Come on, there is
sixpence for you. Let's have a song.

ANDREW   [giving money to the Fool] There's a testril of
me, too. If one knight give a —

FOOL   Would you have a love song or a song of good life?

TOBY   A love song, a love song.

ANDREW   Ay, ay, I care not for good life.

FOOL   [sings]

> O mistress mine, where are you roaming?
> O, stay and hear! Your truelove's coming,
>   That can sing both high and low.
> Trip no further, pretty sweeting.
> Journeys end in lovers meeting,
>   Every wise man's son doth know.

ANDREW   Excellent good, i' faith!

TOBY   Good, good.

FOOL   [sings]

> What is love? 'Tis not hereafter.
> Present mirth hath present laughter.
>   What's to come is still unsure.
> In delay there lies no plenty,
> Then come kiss me, sweet and twenty.
>   Youth's a stuff will not endure.

ANDREW   A mellifluous voice, as I am true knight.

TOBY   A contagious breath.

ANDREW   Very sweet and contagious, i' faith.

TOBY   To hear by the nose, it is dulcet in contagion.

But shall we make the welkin dance indeed? Shall
we rouse the night owl in a catch that will draw
three souls out of one weaver? Shall we do that?

ANDREW An you love me, let's do 't. I am dog at a catch.

FOOL By 'r Lady, sir, and some dogs will catch well.

ANDREW Most certain. Let our catch be "Thou Knave."

FOOL "Hold thy peace, thou knave," knight? I shall be
constrained in 't to call thee "knave," knight.

ANDREW 'Tis not the first time I have constrained one to call
me "knave." Begin, Fool. It begins "Hold thy peace."

FOOL I shall never begin if I hold my peace.

ANDREW Good, i' faith. Come, begin.   [Catch sung.]

[Enter Maria.]

MARIA What a caterwauling do you keep here! If my
lady have not called up her steward Malvolio and
bid him turn you out of doors, never trust me.

TOBY My lady's a Cataian, we are politicians, Malvolio's
a Peg-a-Ramsey, and [Sings.] Three merry men be
we. Am not I consanguineous? Am I not of her
blood? Tillyvally! "Lady"! [Sings.] There dwelt a man
in Babylon, lady, lady.

FOOL Beshrew me, the knight's in admirable fooling.

ANDREW Ay, he does well enough if he be disposed,
and so do I, too. He does it with a better grace, but
I do it more natural.

TOBY [sings] O' the twelfth day of December —

MARIA For the love o' God, peace!

[Enter Malvolio.]

MALVOLIO My masters, are you mad? Or what are you?
Have you no wit, manners, nor honesty but to
gabble like tinkers at this time of night? Do you

	make an ale-house of my lady's house, that you squeak out your coziers' catches without any mitigation or remorse of voice? Is there no respect of place, persons, nor time in you?
TOBY	We did keep time, sir, in our catches. Sneck up!
MALVOLIO	Sir Toby, I must be round with you. My lady bade me tell you that, though she harbors you as her kinsman, she's nothing allied to your disorders. If you can separate yourself and your misdemeanors, you are welcome to the house; if not, an it would please you to take leave of her, she is very willing to bid you farewell.
TOBY	[sings] Farewell, dear heart, since I must needs be gone.
MARIA	Nay, good Sir Toby.
FOOL	[sings] His eyes do show his days are almost done.
MALVOLIO	Is 't even so?
TOBY	[sings] But I will never die.
FOOL	[sings] Sir Toby, there you lie.
MALVOLIO	This is much credit to you.
TOBY	[sings] Shall I bid him go?
FOOL	[sings] What an if you do?
TOBY	[sings] Shall I bid him go, and spare not?
FOOL	[sings] O no, no, no, no, you dare not.
TOBY	Out o' tune, sir? You lie. Art any more than a steward? Dost thou think, because thou art virtuous, there shall be no more cakes and ale?
FOOL	Yes, by Saint Anne, and ginger shall be hot i' th' mouth, too.
TOBY	Thou 'rt i' th' right. — Go, sir, rub your chain with crumbs. — A stoup of wine, Maria!
MALVOLIO	Mistress Mary, if you prized my lady's favor at anything more than contempt, you would not give means for this

uncivil rule. She shall know of it, by this hand.

[He exits.]

MARIA   Go shake your ears!

ANDREW   'Twere as good a deed as to drink when a man's
a-hungry, to challenge him the field and then to
break promise with him and make a fool of him.

TOBY   Do 't, knight. I'll write thee a challenge. Or I'll
deliver thy indignation to him by word of mouth.

MARIA   Sweet Sir Toby, be patient for tonight. Since the youth
of the Count's was today with my lady, she is much
out of quiet. For Monsieur Malvolio, let me alone with
him. If I do not gull him into a nayword and make him
a common recreation, do not think I have wit enough
to lie straight in my bed. I know I can do it.

TOBY   Possess us, possess us, tell us something of him.

MARIA   Marry, sir, sometimes he is a kind of puritan.

ANDREW   O, if I thought that, I'd beat him like a dog!

TOBY   What, for being a puritan? Thy exquisite reason,
dear knight?

ANDREW   I have no exquisite reason for 't, but I have
reason good enough.

MARIA   The devil a puritan that he is, or anything constantly
but a time-pleaser; an affectioned ass that cons state
without book and utters it by great swaths; the best
persuaded of himself, so crammed, as he thinks, with
excellencies, that it is his grounds of faith that all
that look on him love him. And on that vice in him
will my revenge find notable cause to work.

TOBY   What wilt thou do?

MARIA   I will drop in his way some obscure epistles of
love, wherein by the color of his beard, the shape of

his leg, the manner of his gait, the expressure of his eye, forehead, and complexion, he shall find himself most feelingly personated. I can write very like my lady your niece; on a forgotten matter, we can hardly make distinction of our hands.

TOBY   Excellent! I smell a device.

ANDREW   I have 't in my nose, too.

TOBY   He shall think, by the letters that thou wilt drop, that they come from my niece, and that she's in love with him.

MARIA   My purpose is indeed a horse of that color.

ANDREW   And your horse now would make him an ass.

MARIA   Ass, I doubt not.

ANDREW   O, 'twill be admirable!

MARIA   Sport royal, I warrant you. I know my physic will work with him. I will plant you two, and let the Fool make a third, where he shall find the letter. Observe his construction of it. For this night, to bed, and dream on the event. Farewell.

TOBY   Good night, Penthesilea.   [She exits.]

ANDREW   Before me, she's a good wench.

TOBY   She's a beagle true bred, and one that adores me. What o' that?

ANDREW   I was adored once, too.

TOBY   Let's to bed, knight. Thou hadst need send for more money.

ANDREW   If I cannot recover your niece, I am a foul way out.

TOBY   Send for money, knight. If thou hast her not i' th' end, call me "Cut."

ANDREW   If I do not, never trust me, take it how you will.

TOBY   Come, come, I'll go burn some sack. 'Tis too late to go to bed now. Come, knight; come, knight.

                                            [They exit.]

ACT 2 Scene 4

Enter Orsino, Viola, Curio, and others.

ORSINO	Give me some music. [Music plays.] Now, good morrow, friends. —
	Now, good Cesario, but that piece of song,
	That old and antique song we heard last night.
	Methought it did relieve my passion much,
	More than light airs and recollected terms
	Of these most brisk and giddy-paced times.
	Come, but one verse.
CURIO	He is not here, so please your Lordship, that should sing it.
ORSINO	Who was it?
CURIO	Feste the jester, my lord, a Fool that the Lady Olivia's father took much delight in. He is about the house.
ORSINO	Seek him out [Curio exits,] and play the tune the while.
	[Music plays.]
	[To Viola.] Come hither, boy. If ever thou shalt love,
	In the sweet pangs of it remember me,
	For such as I am, all true lovers are,
	Unstaid and skittish in all motions else
	Save in the constant image of the creature
	That is beloved. How dost thou like this tune?
VIOLA	It gives a very echo to the seat
	Where love is throned.
ORSINO	Thou dost speak masterly.
	My life upon 't, young though thou art, thine eye
	Hath stayed upon some favor that it loves.

Hath it not, boy?

VIOLA   A little, by your favor.

ORSINO   What kind of woman is 't?

VIOLA   Of your complexion.

ORSINO   She is not worth thee, then. What years, i' faith?

VIOLA   About your years, my lord.

ORSINO   Too old, by heaven. Let still the woman take

An elder than herself. So wears she to him;

So sways she level in her husband's heart.

For, boy, however we do praise ourselves,

Our fancies are more giddy and unfirm,

More longing, wavering, sooner lost and worn,

Than women's are.

VIOLA   I think it well, my lord.

ORSINO   Then let thy love be younger than thyself,

Or thy affection cannot hold the bent.

For women are as roses, whose fair flower,

Being once displayed, doth fall that very hour.

VIOLA   And so they are. Alas, that they are so,

To die even when they to perfection grow!

[Enter Curio and Feste, the Fool.]

ORSINO   O, fellow, come, the song we had last night. —

Mark it, Cesario. It is old and plain;

The spinsters and the knitters in the sun And the

free maids that weave their thread with bones Do

use to chant it. It is silly sooth, And dallies with

the innocence of love Like the old age.

FOOL   Are you ready, sir?

ORSINO   Ay, prithee, sing.   [Music.]

[The Song.]

FOOL   Come away, come away, death,

And in sad cypress let me be laid.

Fly away, fly away, breath,

I am slain by a fair cruel maid.

My shroud of white, stuck all with yew,

O, prepare it!

My part of death, no one so true

Did share it.

Not a flower, not a flower sweet

On my black coffin let there be strown;

Not a friend, not a friend greet

My poor corpse where my bones shall be thrown.

A thousand thousand sighs to save,

Lay me, O, where

Sad true lover never find my grave To weep there.

ORSINO   [giving money] There's for thy pains.

FOOL   No pains, sir. I take pleasure in singing, sir.

ORSINO   I'll pay thy pleasure, then.

FOOL   Truly sir, and pleasure will be paid, one time or another.

ORSINO   Give me now leave to leave thee.

FOOL   Now the melancholy god protect thee and the
tailor make thy doublet of changeable taffeta, for thy
mind is a very opal. I would have men of such
constancy put to sea, that their business might be
everything and their intent everywhere, for that's it
that always makes a good voyage of nothing.
Farewell.   [He exits.]

ORSINO   Let all the rest give place.

[All but Orsino and Viola exit.]

Once more, Cesario,

Get thee to yond same sovereign cruelty.

Tell her my love, more noble than the world,

	Prizes not quantity of dirty lands.
	The parts that Fortune hath bestowed upon her,
	Tell her, I hold as giddily as Fortune.
	But 'tis that miracle and queen of gems
	That nature pranks her in attracts my soul.
VIOLA	But if she cannot love you, sir —
ORSINO	I cannot be so answered.
VIOLA	Sooth, but you must.
	Say that some lady, as perhaps there is,
	Hath for your love as great a pang of heart
	As you have for Olivia. You cannot love her;
	You tell her so. Must she not then be answered?
ORSINO	There is no woman's sides
	Can bide the beating of so strong a passion
	As love doth give my heart; no woman's heart
	So big, to hold so much; they lack retention.
	Alas, their love may be called appetite,
	No motion of the liver but the palate,
	That suffer surfeit, cloyment, and revolt;
	But mine is all as hungry as the sea,
	And can digest as much. Make no compare
	Between that love a woman can bear me
	And that I owe Olivia.
VIOLA	Ay, but I know —
ORSINO	What dost thou know?
VIOLA	Too well what love women to men may owe.
	In faith, they are as true of heart as we.
	My father had a daughter loved a man
	As it might be, perhaps, were I a woman,
	I should your Lordship.
ORSINO	And what's her history?

VIOLA A blank, my lord. She never told her love,

But let concealment, like a worm i' th' bud,

Feed on her damask cheek. She pined in thought,

And with a green and yellow melancholy

She sat like Patience on a monument,

Smiling at grief. Was not this love indeed?

We men may say more, swear more, but indeed

Our shows are more than will; for still we prove

Much in our vows but little in our love.

ORSINO But died thy sister of her love, my boy?

VIOLA I am all the daughters of my father's house,

And all the brothers, too — and yet I know not.

Sir, shall I to this lady?

ORSINO Ay, that's the theme.

To her in haste. Give her this jewel. Say

My love can give no place, bide no denay.

[He hands her a jewel and they exit.]

ACT 2 Scene 5

Enter Sir Toby, Sir Andrew, and Fabian.

TOBY Come thy ways, Signior Fabian.

FABIAN Nay, I'll come. If I lose a scruple of this sport,

let me be boiled to death with melancholy.

TOBY Wouldst thou not be glad to have the niggardly

rascally sheep-biter come by some notable shame?

FABIAN I would exult, man. You know he brought me

out o' favor with my lady about a bearbaiting here.

TOBY	To anger him, we'll have the bear again, and we will fool him black and blue, shall we not, Sir Andrew?
ANDREW	An we do not, it is pity of our lives.

[Enter Maria.]

TOBY	Here comes the little villain. — How now, my metal of India?
MARIA	Get you all three into the boxtree. Malvolio's coming down this walk. He has been yonder i' the sun practicing behavior to his own shadow this half hour. Observe him, for the love of mockery, for I know this letter will make a contemplative idiot of him. Close, in the name of jesting! [They hide.] Lie thou there [putting down the letter,] for here comes the trout that must be caught with tickling.

[She exits.]

[Enter Malvolio.]

MALVOLIO	'Tis but fortune, all is fortune. Maria once told me she did affect me, and I have heard herself come thus near, that should she fancy, it should be one of my complexion. Besides, she uses me with a more exalted respect than anyone else that follows her. What should I think on 't?
TOBY	[aside] Here's an overweening rogue.
FABIAN	[aside] O, peace! Contemplation makes a rare turkeycock of him. How he jets under his advanced plumes!
ANDREW	[aside] 'Slight, I could so beat the rogue!
TOBY	[aside] Peace, I say.
MALVOLIO	To be Count Malvolio.
TOBY	[aside] Ah, rogue!
ANDREW	[aside] Pistol him, pistol him!

TOBY	[aside] Peace, peace!
MALVOLIO	There is example for 't. The lady of the Strachy married the yeoman of the wardrobe.
ANDREW	[aside] Fie on him, Jezebel!
FABIAN	[aside] O, peace, now he's deeply in. Look how imagination blows him.
MALVOLIO	Having been three months married to her, sitting in my state —
TOBY	[aside] O, for a stone-bow, to hit him in the eye!
MALVOLIO	Calling my officers about me, in my branched velvet gown, having come from a daybed where I have left Olivia sleeping —
TOBY	[aside] Fire and brimstone!
FABIAN	[aside] O, peace, peace!
MALVOLIO	And then to have the humor of state; and after a demure travel of regard, telling them I know my place, as I would they should do theirs, to ask for my kinsman Toby —
TOBY	[aside] Bolts and shackles!
FABIAN	[aside] O, peace, peace, peace! Now, now.
MALVOLIO	Seven of my people, with an obedient start, make out for him. I frown the while, and perchance wind up my watch, or play with my — some rich jewel. Toby approaches; curtsies there to me —
TOBY	[aside] Shall this fellow live?
FABIAN	[aside] Though our silence be drawn from us with cars, yet peace!
MALVOLIO	I extend my hand to him thus, quenching my familiar smile with an austere regard of control —
TOBY	[aside] And does not Toby take you a blow o' the lips then?
MALVOLIO	Saying, "Cousin Toby, my fortunes, having cast me on

	your niece, give me this prerogative of speech — "
TOBY	[aside] What, what?
MALVOLIO	"You must amend your drunkenness."
TOBY	[aside] Out, scab!
FABIAN	[aside] Nay, patience, or we break the sinews of our plot!
MALVOLIO	"Besides, you waste the treasure of your time with a foolish knight — "
ANDREW	[aside] That's me, I warrant you.
MALVOLIO	"One Sir Andrew."
ANDREW	[aside] I knew 'twas I, for many do call me fool.
MALVOLIO	[seeing the letter] What employment have we here?
FABIAN	[aside] Now is the woodcock near the gin.
TOBY	[aside] O, peace, and the spirit of humors intimate reading aloud to him.
MALVOLIO	[taking up the letter] By my life, this is my lady's hand! These be her very c's, her u's, and her t's, and thus she makes her great P's. It is in contempt of question her hand.
ANDREW	[aside] Her c's, her u's, and her t's. Why that?
MALVOLIO	[reads] To the unknown beloved, this, and my good wishes — Her very phrases! By your leave, wax. Soft. And the impressure her Lucrece, with which she uses to seal — 'tis my lady! [He opens the letter.] To whom should this be?
FABIAN	[aside] This wins him, liver and all.
MALVOLIO	[reads] Jove knows I love,

But who?

Lips, do not move;

No man must know.

"No man must know." What follows? The numbers altered. "No man must know." If this should be thee,

Malvolio!

TOBY	[aside] Marry, hang thee, brock!
MALVOLIO	[reads] I may command where I adore,

But silence, like a Lucrece knife,

With bloodless stroke my heart doth gore;

M.O.A.I. doth sway my life.

FABIAN	[aside] A fustian riddle!
TOBY	[aside] Excellent wench, say I.
MALVOLIO	"M.O.A.I. doth sway my life." Nay, but first

let me see, let me see, let me see.

FABIAN	[aside] What dish o' poison has she dressed him!
TOBY	[aside] And with what wing the staniel checks at it!
MALVOLIO	"I may command where I adore." Why, she

may command me; I serve her; she is my lady. Why,
this is evident to any formal capacity. There is no
obstruction in this. And the end — what should that
alphabetical position portend? If I could make that
resemble something in me! Softly! "M.O.A.I." —

TOBY	[aside] O, ay, make up that. — He is now at a cold scent.
FABIAN	[aside] Sowter will cry upon 't for all this,

though it be as rank as a fox.

MALVOLIO	"M" — Malvolio. "M" — why, that begins my name!
FABIAN	[aside] Did not I say he would work it out? The

cur is excellent at faults.

MALVOLIO	"M." But then there is no consonancy in

the sequel that suffers under probation. "A" should
follow, but "O" does.

FABIAN	[aside] And "O" shall end, I hope.
TOBY	[aside] Ay, or I'll cudgel him and make him cry

"O."

MALVOLIO	And then "I" comes behind.

FABIAN   [aside] Ay, an you had any eye behind you, you might see
         more detraction at your heels than fortunes before you.

MALVOLIO   "M.O.A.I." This simulation is not as the
         former, and yet to crush this a little, it would bow
         to me, for every one of these letters are in my name.
         Soft, here follows prose.
         [He reads.] If this fall into thy hand, revolve. In my
         stars I am above thee, but be not afraid of greatness.
         Some are born great, some achieve greatness, and
         some have greatness thrust upon 'em. Thy fates open
         their hands. Let thy blood and spirit embrace them.
         And, to inure thyself to what thou art like to be, cast
         thy humble slough and appear fresh. Be opposite with
         a kinsman, surly with servants. Let thy tongue tang
         arguments of state. Put thyself into the trick of singularity.
         She thus advises thee that sighs for thee.
         Remember who commended thy yellow stockings and
         wished to see thee ever cross-gartered. I say, remember.
         Go to, thou art made, if thou desir'st to be so. If
         not, let me see thee a steward still, the fellow of
         servants, and not worthy to touch Fortune's fingers.
         Farewell. She that would alter services with thee,
         The Fortunate-Unhappy.
         Daylight and champian discovers not more! This is
         open. I will be proud, I will read politic authors, I
         will baffle Sir Toby, I will wash off gross acquaintance,
         I will be point-devise the very man. I do not
         now fool myself, to let imagination jade me; for
         every reason excites to this, that my lady loves me.
         She did commend my yellow stockings of late, she
         did praise my leg being cross-gartered, and in this

she manifests herself to my love and, with a kind of injunction, drives me to these habits of her liking. I thank my stars, I am happy. I will be strange, stout, in yellow stockings, and cross-gartered, even with the swiftness of putting on. Jove and my stars be praised! Here is yet a postscript. [He reads.] Thou canst not choose but know who I am. If thou entertain'st my love, let it appear in thy smiling; thy smiles become thee well. Therefore in my presence still smile, dear my sweet, I prithee. Jove, I thank thee! I will smile. I will do everything that thou wilt have me. [He exits.]

FABIAN   I will not give my part of this sport for a pension of thousands to be paid from the Sophy.

TOBY   I could marry this wench for this device.

ANDREW   So could I too.

TOBY   And ask no other dowry with her but such another jest.

ANDREW   Nor I neither.

[Enter Maria.]

FABIAN   Here comes my noble gull-catcher.

TOBY   Wilt thou set thy foot o' my neck?

ANDREW   Or o' mine either?

TOBY   Shall I play my freedom at tray-trip and become thy bondslave?

ANDREW   I' faith, or I either?

TOBY   Why, thou hast put him in such a dream that when the image of it leaves him he must run mad.

MARIA   Nay, but say true, does it work upon him?

TOBY   Like aqua vitae with a midwife.

MARIA   If you will then see the fruits of the sport, mark his first approach before my lady. He will come to her in yellow stockings, and 'tis a color she abhors, and cross-gartered, a fashion she detests; and he will smile upon her, which will now be so unsuitable to her disposition, being addicted to a melancholy as she is, that it cannot but turn him into a notable contempt. If you will see it, follow me.

TOBY   To the gates of Tartar, thou most excellent devil of wit!

ANDREW   I'll make one, too.

[They exit.]

ACT 3 Scene 1

Enter Viola and Feste, the Fool, playing a tabor.

VIOLA   Save thee, friend, and thy music. Dost thou live by thy tabor?

FOOL   No, sir, I live by the church.

VIOLA   Art thou a churchman?

FOOL   No such matter, sir. I do live by the church, for I do live at my house, and my house doth stand by the church.

VIOLA   So thou mayst say the king lies by a beggar if a beggar dwell near him, or the church stands by thy tabor if thy tabor stand by the church.

FOOL   You have said, sir. To see this age! A sentence is but a chev'ril glove to a good wit. How quickly the wrong side may be turned outward!

VIOLA   Nay, that's certain. They that dally nicely with words may quickly make them wanton.

FOOL   I would therefore my sister had had no name, sir.

VIOLA	Why, man?
FOOL	Why, sir, her name's a word, and to dally with that word might make my sister wanton. But, indeed, words are very rascals since bonds disgraced them.
VIOLA	Thy reason, man?
FOOL	Troth, sir, I can yield you none without words, and words are grown so false I am loath to prove reason with them.
VIOLA	I warrant thou art a merry fellow and car'st for nothing.
FOOL	Not so, sir. I do care for something. But in my conscience, sir, I do not care for you. If that be to care for nothing, sir, I would it would make you invisible.
VIOLA	Art not thou the Lady Olivia's Fool?
FOOL	No, indeed, sir. The Lady Olivia has no folly. She will keep no Fool, sir, till she be married, and Fools are as like husbands as pilchers are to herrings: the husband's the bigger. I am indeed not her Fool but her corrupter of words.
VIOLA	I saw thee late at the Count Orsino's.
FOOL	Foolery, sir, does walk about the orb like the sun; it shines everywhere. I would be sorry, sir, but the Fool should be as oft with your master as with my mistress. I think I saw your Wisdom there.
VIOLA	Nay, an thou pass upon me, I'll no more with thee. Hold, there's expenses for thee. [Giving a coin.]
FOOL	Now Jove, in his next commodity of hair, send thee a beard!
VIOLA	By my troth I'll tell thee, I am almost sick for one, [aside] though I would not have it grow on my chin. — Is thy lady within?
FOOL	Would not a pair of these have bred, sir?

VIOLA   Yes, being kept together and put to use.

FOOL   I would play Lord Pandarus of Phrygia, sir, to
        bring a Cressida to this Troilus.

VIOLA   I understand you, sir. 'Tis well begged. [Giving
        another coin.]

FOOL   The matter I hope is not great, sir, begging but a
        beggar: Cressida was a beggar. My lady is within, sir.
        I will conster to them whence you come. Who you
        are and what you would are out of my welkin — I
        might say "element," but the word is overworn.

                                        [He exits.]

VIOLA   This fellow is wise enough to play the Fool,
        And to do that well craves a kind of wit.
        He must observe their mood on whom he jests,
        The quality of persons, and the time,
        And, like the haggard, check at every feather
        That comes before his eye. This is a practice
        As full of labor as a wise man's art:
        For folly that he wisely shows is fit;
        But wise men, folly-fall'n, quite taint their wit.

                            [Enter Sir Toby and Andrew.]

TOBY   Save you, gentleman.

VIOLA   And you, sir.

ANDREW Dieu vous garde, monsieur.

VIOLA   Et vous aussi. Votre serviteur!

ANDREW I hope, sir, you are, and I am yours.

TOBY   Will you encounter the house? My niece is
        desirous you should enter, if your trade be to her.

VIOLA   I am bound to your niece, sir; I mean, she is the
        list of my voyage.

TOBY   Taste your legs, sir; put them to motion.

VIOLA	My legs do better understand me, sir, than I understand what you mean by bidding me taste my legs.
TOBY	I mean, to go, sir, to enter.
VIOLA	I will answer you with gait and entrance — but we are prevented.
	[Enter Olivia, and Maria, her Gentlewoman.]
	Most excellent accomplished lady, the heavens rain odors on you!
ANDREW	[aside] That youth's a rare courtier. "Rain odors," well.
VIOLA	My matter hath no voice, lady, but to your own most pregnant and vouchsafed ear.
ANDREW	[aside] "Odors," "pregnant," and "vouchsafed." I'll get 'em all three all ready.
OLIVIA	Let the garden door be shut, and leave me to my hearing. [Sir Toby, Sir Andrew, and Maria exit.] Give me your hand, sir.
VIOLA	My duty, madam, and most humble service.
OLIVIA	What is your name?
VIOLA	Cesario is your servant's name, fair princess.
OLIVIA	My servant, sir? 'Twas never merry world Since lowly feigning was called compliment. You're servant to the Count Orsino, youth.
VIOLA	And he is yours, and his must needs be yours. Your servant's servant is your servant, madam.
OLIVIA	For him, I think not on him. For his thoughts, Would they were blanks rather than filled with me.
VIOLA	Madam, I come to whet your gentle thoughts On his behalf.
OLIVIA	O, by your leave, I pray you. I bade you never speak again of him.

But would you undertake another suit,

I had rather hear you to solicit that

Than music from the spheres.

VIOLA   Dear lady —

OLIVIA   Give me leave, beseech you. I did send,

After the last enchantment you did here,

A ring in chase of you. So did I abuse

Myself, my servant, and, I fear me, you.

Under your hard construction must I sit,

To force that on you in a shameful cunning

Which you knew none of yours. What might you think?

Have you not set mine honor at the stake

And baited it with all th' unmuzzled thoughts

That tyrannous heart can think? To one of your receiving

Enough is shown. A cypress, not a bosom,

Hides my heart. So, let me hear you speak.

VIOLA   I pity you.

OLIVIA   That's a degree to love.

VIOLA   No, not a grize, for 'tis a vulgar proof

That very oft we pity enemies.

OLIVIA   Why then methinks 'tis time to smile again.

O world, how apt the poor are to be proud!

If one should be a prey, how much the better

To fall before the lion than the wolf.

                                     [Clock strikes.]

The clock upbraids me with the waste of time.

Be not afraid, good youth, I will not have you.

And yet when wit and youth is come to harvest,

Your wife is like to reap a proper man.

There lies your way, due west.

VIOLA   Then westward ho!

Grace and good disposition attend your Ladyship.

You'll nothing, madam, to my lord by me?

OLIVIA Stay. I prithee, tell me what thou think'st of me.

VIOLA That you do think you are not what you are.

OLIVIA If I think so, I think the same of you.

VIOLA Then think you right. I am not what I am.

OLIVIA I would you were as I would have you be.

VIOLA Would it be better, madam, than I am?

I wish it might, for now I am your fool.

OLIVIA [aside] O, what a deal of scorn looks beautiful
In the contempt and anger of his lip!
A murd'rous guilt shows not itself more soon
Than love that would seem hid. Love's night is noon. —
Cesario, by the roses of the spring,
By maidhood, honor, truth, and everything,
I love thee so, that, maugre all thy pride,
Nor wit nor reason can my passion hide.
Do not extort thy reasons from this clause,
For that I woo, thou therefore hast no cause;
But rather reason thus with reason fetter:
Love sought is good, but given unsought is better.

VIOLA By innocence I swear, and by my youth,
I have one heart, one bosom, and one truth,
And that no woman has, nor never none
Shall mistress be of it, save I alone.
And so adieu, good madam. Nevermore
Will I my master's tears to you deplore.

OLIVIA Yet come again, for thou perhaps mayst move
That heart, which now abhors, to like his love.

[They exit in different directions.]

ACT 3 Scene 2

Enter Sir Toby, Sir Andrew, and Fabian.

ANDREW   No, faith, I'll not stay a jot longer.

TOBY   Thy reason, dear venom, give thy reason.

FABIAN   You must needs yield your reason, Sir Andrew.

ANDREW   Marry, I saw your niece do more favors to the
Count's servingman than ever she bestowed upon
me. I saw 't i' th' orchard.

TOBY   Did she see thee the while, old boy? Tell me that.

ANDREW   As plain as I see you now.

FABIAN   This was a great argument of love in her toward you.

ANDREW   'Slight, will you make an ass o' me?

FABIAN   I will prove it legitimate, sir, upon the oaths of
judgment and reason.

TOBY   And they have been grand-jurymen since before
Noah was a sailor.

FABIAN   She did show favor to the youth in your sight
only to exasperate you, to awake your dormouse
valor, to put fire in your heart and brimstone in
your liver. You should then have accosted her, and
with some excellent jests, fire-new from the mint,
you should have banged the youth into dumbness.
This was looked for at your hand, and this was
balked. The double gilt of this opportunity you let
time wash off, and you are now sailed into the north
of my lady's opinion, where you will hang like an
icicle on a Dutchman's beard, unless you do redeem
it by some laudable attempt either of valor or policy.

ANDREW	An 't be any way, it must be with valor, for policy I hate. I had as lief be a Brownist as a politician.
TOBY	Why, then, build me thy fortunes upon the basis of valor. Challenge me the Count's youth to fight with him. Hurt him in eleven places. My niece shall take note of it, and assure thyself there is no love-broker in the world can more prevail in man's commendation with woman than report of valor.
FABIAN	There is no way but this, Sir Andrew.
ANDREW	Will either of you bear me a challenge to him?
TOBY	Go, write it in a martial hand. Be curst and brief. It is no matter how witty, so it be eloquent and full of invention. Taunt him with the license of ink. If thou "thou"-est him some thrice, it shall not be amiss, and as many lies as will lie in thy sheet of paper, although the sheet were big enough for the bed of Ware in England, set 'em down. Go, about it. Let there be gall enough in thy ink, though thou write with a goose-pen, no matter. About it.
ANDREW	Where shall I find you?
TOBY	We'll call thee at the cubiculo. Go.

> [Sir Andrew exits.]

FABIAN	This is a dear manikin to you, Sir Toby.
TOBY	I have been dear to him, lad, some two thousand strong or so.
FABIAN	We shall have a rare letter from him. But you'll not deliver 't?
TOBY	Never trust me, then. And by all means stir on the youth to an answer. I think oxen and wainropes cannot hale them together. For Andrew, if he were opened and you find so much blood in his liver as will

	clog the foot of a flea, I'll eat the rest of th' anatomy.
FABIAN	And his opposite, the youth, bears in his visage
	no great presage of cruelty.

[Enter Maria.]

TOBY	Look where the youngest wren of mine comes.
MARIA	If you desire the spleen, and will laugh yourselves into stitches, follow me. Yond gull Malvolio is turned heathen, a very renegado; for there is no Christian that means to be saved by believing rightly can ever believe such impossible passages of grossness. He's in yellow stockings.
TOBY	And cross-gartered?
MARIA	Most villainously, like a pedant that keeps a school i' th' church. I have dogged him like his murderer. He does obey every point of the letter that I dropped to betray him. He does smile his face into more lines than is in the new map with the augmentation of the Indies. You have not seen such a thing as 'tis. I can hardly forbear hurling things at him. I know my lady will strike him. If she do, he'll smile and take 't for a great favor.
TOBY	Come, bring us, bring us where he is.

[They all exit.]

ACT 3 Scene 3

Enter Sebastian and Antonio.

| SEBASTIAN | I would not by my will have troubled you, |

	But, since you make your pleasure of your pains,
	I will no further chide you.
ANTONIO	I could not stay behind you. My desire,
	More sharp than filed steel, did spur me forth;
	And not all love to see you, though so much
	As might have drawn one to a longer voyage,
	But jealousy what might befall your travel,
	Being skill-less in these parts, which to a stranger,
	Unguided and unfriended, often prove
	Rough and unhospitable. My willing love,
	The rather by these arguments of fear,
	Set forth in your pursuit.
SEBASTIAN	My kind Antonio,
	I can no other answer make but thanks,
	And thanks, and ever thanks; and oft good turns
	Are shuffled off with such uncurrent pay.
	But were my worth, as is my conscience, firm,
	You should find better dealing. What's to do?
	Shall we go see the relics of this town?
ANTONIO	Tomorrow, sir. Best first go see your lodging.
SEBASTIAN	I am not weary, and 'tis long to night.
	I pray you, let us satisfy our eyes
	With the memorials and the things of fame
	That do renown this city.
ANTONIO	Would you'd pardon me.
	I do not without danger walk these streets.
	Once in a sea fight 'gainst the Count his galleys
	I did some service, of such note indeed
	That were I ta'en here it would scarce be answered.
SEBASTIAN	Belike you slew great number of his people?
ANTONIO	Th' offense is not of such a bloody nature,

	Albeit the quality of the time and quarrel
	Might well have given us bloody argument.
	It might have since been answered in repaying
	What we took from them, which, for traffic's sake,
	Most of our city did. Only myself stood out,
	For which, if I be lapsed in this place,
	I shall pay dear.
SEBASTIAN	Do not then walk too open.
ANTONIO	It doth not fit me. Hold, sir, here's my purse.
	[Giving him money.]
	In the south suburbs, at the Elephant,
	Is best to lodge. I will bespeak our diet
	Whiles you beguile the time and feed your knowledge
	With viewing of the town. There shall you have me.
SEBASTIAN	Why I your purse?
ANTONIO	Haply your eye shall light upon some toy
	You have desire to purchase, and your store,
	I think, is not for idle markets, sir.
SEBASTIAN	I'll be your purse-bearer and leave you
	For an hour.
ANTONIO	To th' Elephant.
SEBASTIAN	I do remember.
	[They exit in different directions.]

ACT 3 Scene 4

Enter Olivia and Maria.

OLIVIA	[aside] I have sent after him. He says he'll come.

How shall I feast him? What bestow of him?

For youth is bought more oft than begged or borrowed.

I speak too loud. —

Where's Malvolio? He is sad and civil

And suits well for a servant with my fortunes.

Where is Malvolio?

MARIA He's coming, madam, but in very strange manner.

He is sure possessed, madam.

OLIVIA Why, what's the matter? Does he rave?

MARIA No, madam, he does nothing but smile. Your

Ladyship were best to have some guard about you if

he come, for sure the man is tainted in 's wits.

OLIVIA Go call him hither. [Maria exits.] I am as mad as he,

If sad and merry madness equal be.

[Enter Maria with Malvolio.]

How now, Malvolio?

MALVOLIO Sweet lady, ho, ho!

OLIVIA Smil'st thou? I sent for thee upon a sad occasion.

MALVOLIO Sad, lady? I could be sad. This does make some

obstruction in the blood, this cross-gartering, but

what of that? If it please the eye of one, it is with me

as the very true sonnet is: "Please one, and please all."

OLIVIA Why, how dost thou, man? What is the matter with thee?

MALVOLIO Not black in my mind, though yellow in my legs.

It did come to his hands, and commands shall be

executed. I think we do know the sweet Roman hand.

OLIVIA Wilt thou go to bed, Malvolio?

MALVOLIO To bed? "Ay, sweetheart, and I'll come to thee."

OLIVIA God comfort thee! Why dost thou smile so, and

kiss thy hand so oft?

MARIA How do you, Malvolio?

MALVOLIO	At your request? Yes, nightingales answer daws!
MARIA	Why appear you with this ridiculous boldness before my lady?
MALVOLIO	"Be not afraid of greatness." 'Twas well writ.
OLIVIA	What mean'st thou by that, Malvolio?
MALVOLIO	"Some are born great — "
OLIVIA	Ha?
MALVOLIO	"Some achieve greatness — "
OLIVIA	What sayst thou?
MALVOLIO	"And some have greatness thrust upon them."
OLIVIA	Heaven restore thee!
MALVOLIO	"Remember who commended thy yellow stockings — "
OLIVIA	Thy yellow stockings?
MALVOLIO	"And wished to see thee cross-gartered."
OLIVIA	Cross-gartered?
MALVOLIO	"Go to, thou art made, if thou desir'st to be so — "
OLIVIA	Am I made?
MALVOLIO	"If not, let me see thee a servant still."
OLIVIA	Why, this is very midsummer madness!

[Enter Servant.]

SERVANT	Madam, the young gentleman of the Count Orsino's is returned. I could hardly entreat him back. He attends your Ladyship's pleasure.
OLIVIA	I'll come to him. [Servant exits.] Good Maria, let this fellow be looked to. Where's my Cousin Toby? Let some of my people have a special care of him. I would not have him miscarry for the half of my dowry.

[Olivia and Maria exit in different directions.]

MALVOLIO	O ho, do you come near me now? No worse man than Sir Toby to look to me. This concurs directly with the letter. She sends him on purpose

that I may appear stubborn to him, for she incites me to that in the letter: "Cast thy humble slough," says she. "Be opposite with a kinsman, surly with servants; let thy tongue tang with arguments of state; put thyself into the trick of singularity," and consequently sets down the manner how: as, a sad face, a reverend carriage, a slow tongue, in the habit of some Sir of note, and so forth. I have limed her, but it is Jove's doing, and Jove make me thankful! And when she went away now, "Let this fellow be looked to." "Fellow!" Not "Malvolio," nor after my degree, but "fellow." Why, everything adheres together, that no dram of a scruple, no scruple of a scruple, no obstacle, no incredulous or unsafe circumstance — what can be said? Nothing that can be can come between me and the full prospect of my hopes. Well, Jove, not I, is the doer of this, and he is to be thanked.

[Enter Toby, Fabian, and Maria.]

TOBY   Which way is he, in the name of sanctity? If all the devils of hell be drawn in little, and Legion himself possessed him, yet I'll speak to him.

FABIAN   Here he is, here he is. — How is 't with you, sir? How is 't with you, man?

MALVOLIO   Go off, I discard you. Let me enjoy my private. Go off.

MARIA   [to Toby] Lo, how hollow the fiend speaks within him! Did not I tell you? Sir Toby, my lady prays you to have a care of him.

MALVOLIO   Aha, does she so?

TOBY   [to Fabian and Maria] Go to, go to! Peace, peace. We must deal gently with him. Let me alone. — How

	do you, Malvolio? How is 't with you? What, man,
	defy the devil! Consider, he's an enemy to mankind.
MALVOLIO	Do you know what you say?
MARIA	[to Toby] La you, an you speak ill of the devil, how
	he takes it at heart! Pray God he be not bewitched!
FABIAN	Carry his water to th' wisewoman.
MARIA	Marry, and it shall be done tomorrow morning if I live.
	My lady would not lose him for more than I'll say.
MALVOLIO	How now, mistress?
MARIA	O Lord!
TOBY	Prithee, hold thy peace. This is not the way. Do you
	not see you move him? Let me alone with him.
FABIAN	No way but gentleness, gently, gently. The
	fiend is rough and will not be roughly used.
TOBY	[to Malvolio] Why, how now, my bawcock? How
	dost thou, chuck?
MALVOLIO	Sir!
TOBY	Ay, biddy, come with me. — What, man, 'tis not
	for gravity to play at cherry-pit with Satan. Hang
	him, foul collier!
MARIA	Get him to say his prayers, good Sir Toby; get
	him to pray.
MALVOLIO	My prayers, minx?
MARIA	[to Toby] No, I warrant you, he will not hear of godliness.
MALVOLIO	Go hang yourselves all! You are idle, shallow
	things. I am not of your element. You shall
	know more hereafter. [He exits.]
TOBY	Is 't possible?
FABIAN	If this were played upon a stage now, I could
	condemn it as an improbable fiction.
TOBY	His very genius hath taken the infection of the device, man.

MARIA	Nay, pursue him now, lest the device take air and taint.
FABIAN	Why, we shall make him mad indeed.
MARIA	The house will be the quieter.
TOBY	Come, we'll have him in a dark room and bound. My niece is already in the belief that he's mad. We may carry it thus, for our pleasure and his penance, till our very pastime, tired out of breath, prompt us to have mercy on him, at which time we will bring the device to the bar and crown thee for a finder of madmen. But see, but see!

[Enter Sir Andrew.]

FABIAN	More matter for a May morning.
ANDREW	[presenting a paper] Here's the challenge. Read it. I warrant there's vinegar and pepper in 't.
FABIAN	Is 't so saucy?
ANDREW	Ay, is 't. I warrant him. Do but read.
TOBY	Give me. [He reads.] Youth, whatsoever thou art, thou art but a scurvy fellow.
FABIAN	Good, and valiant.
TOBY	[reads] Wonder not nor admire not in thy mind why I do call thee so, for I will show thee no reason for 't.
FABIAN	A good note, that keeps you from the blow of the law.
TOBY	[reads] Thou com'st to the Lady Olivia, and in my sight she uses thee kindly. But thou liest in thy throat; that is not the matter I challenge thee for.
FABIAN	Very brief, and to exceeding good sense — less.
TOBY	[reads] I will waylay thee going home, where if it be thy chance to kill me —
FABIAN	Good.
TOBY	[reads] Thou kill'st me like a rogue and a villain.
FABIAN	Still you keep o' th' windy side of the law.

Good.

TOBY [reads] Fare thee well, and God have mercy upon
one of our souls. He may have mercy upon mine,
but my hope is better, and so look to thyself. Thy
friend, as thou usest him, and thy sworn enemy,
Andrew Aguecheek. If this letter move him not, his
legs cannot. I'll give 't him.

MARIA You may have very fit occasion for 't. He is now in some
commerce with my lady and will by and by depart.

TOBY Go, Sir Andrew. Scout me for him at the corner
of the orchard like a bum-baily. So soon as ever
thou seest him, draw, and as thou draw'st, swear
horrible, for it comes to pass oft that a terrible oath,
with a swaggering accent sharply twanged off, gives
manhood more approbation than ever proof itself
would have earned him. Away!

ANDREW Nay, let me alone for swearing. [He exits.]

TOBY Now will not I deliver his letter, for the behavior
of the young gentleman gives him out to be of good
capacity and breeding; his employment between
his lord and my niece confirms no less. Therefore,
this letter, being so excellently ignorant, will breed
no terror in the youth. He will find it comes from a
clodpoll. But, sir, I will deliver his challenge by
word of mouth, set upon Aguecheek a notable
report of valor, and drive the gentleman (as I know
his youth will aptly receive it) into a most hideous
opinion of his rage, skill, fury, and impetuosity. This
will so fright them both that they will kill one
another by the look, like cockatrices.

[Enter Olivia and Viola.]

FABIAN   Here he comes with your niece. Give them
          way till he take leave, and presently after him.
TOBY   I will meditate the while upon some horrid
          message for a challenge.
                          [Toby, Fabian, and Maria exit.]
OLIVIA   I have said too much unto a heart of stone
          And laid mine honor too unchary on 't.
          There's something in me that reproves my fault,
          But such a headstrong potent fault it is
          That it but mocks reproof.
VIOLA   With the same 'havior that your passion bears
          Goes on my master's griefs.
OLIVIA   Here, wear this jewel for me. 'Tis my picture.
          Refuse it not. It hath no tongue to vex you.
          And I beseech you come again tomorrow.
          What shall you ask of me that I'll deny,
          That honor, saved, may upon asking give?
VIOLA   Nothing but this: your true love for my master.
OLIVIA   How with mine honor may I give him that
          Which I have given to you?
VIOLA   I will acquit you.
OLIVIA   Well, come again tomorrow. Fare thee well.
          A fiend like thee might bear my soul to hell.
                                        [She exits.]
                          [Enter Toby and Fabian.]
TOBY   Gentleman, God save thee.
VIOLA   And you, sir.
TOBY   That defense thou hast, betake thee to 't. Of what
          nature the wrongs are thou hast done him, I know
          not, but thy intercepter, full of despite, bloody as
          the hunter, attends thee at the orchard end. Dismount

thy tuck, be yare in thy preparation, for thy assailant is quick, skillful, and deadly.

VIOLA You mistake, sir. I am sure no man hath any quarrel to me. My remembrance is very free and clear from any image of offense done to any man.

TOBY You'll find it otherwise, I assure you. Therefore, if you hold your life at any price, betake you to your guard, for your opposite hath in him what youth, strength, skill, and wrath can furnish man withal.

VIOLA I pray you, sir, what is he?

TOBY He is knight dubbed with unhatched rapier and on carpet consideration, but he is a devil in private brawl. Souls and bodies hath he divorced three, and his incensement at this moment is so implacable that satisfaction can be none but by pangs of death and sepulcher. "Hob, nob" is his word; "give 't or take 't."

VIOLA I will return again into the house and desire some conduct of the lady. I am no fighter. I have heard of some kind of men that put quarrels purposely on others to taste their valor. Belike this is a man of that quirk.

TOBY Sir, no. His indignation derives itself out of a very competent injury. Therefore get you on and give him his desire. Back you shall not to the house, unless you undertake that with me which with as much safety you might answer him. Therefore on, or strip your sword stark naked, for meddle you must, that's certain, or forswear to wear iron about you.

VIOLA This is as uncivil as strange. I beseech you, do me this courteous office, as to know of the knight what my offense to him is. It is something of my

	negligence, nothing of my purpose.
TOBY	I will do so. — Signior Fabian, stay you by this gentleman till my return. [Toby exits.]
VIOLA	Pray you, sir, do you know of this matter?
FABIAN	I know the knight is incensed against you even to a mortal arbitrament, but nothing of the circumstance more.
VIOLA	I beseech you, what manner of man is he?
FABIAN	Nothing of that wonderful promise, to read him by his form, as you are like to find him in the proof of his valor. He is indeed, sir, the most skillful, bloody, and fatal opposite that you could possibly have found in any part of Illyria. Will you walk towards him? I will make your peace with him if I can.
VIOLA	I shall be much bound to you for 't. I am one that had rather go with Sir Priest than Sir Knight, I care not who knows so much of my mettle. [They exit.] [Enter Toby and Andrew.]
TOBY	Why, man, he's a very devil. I have not seen such a firago. I had a pass with him, rapier, scabbard, and all, and he gives me the stuck-in with such a mortal motion that it is inevitable; and on the answer, he pays you as surely as your feet hits the ground they step on. They say he has been fencer to the Sophy.
ANDREW	Pox on 't! I'll not meddle with him.
TOBY	Ay, but he will not now be pacified. Fabian can scarce hold him yonder.
ANDREW	Plague on 't! An I thought he had been valiant, and so cunning in fence, I'd have seen him damned ere I'd have challenged him. Let him let

the matter slip, and I'll give him my horse, gray Capilet.

TOBY I'll make the motion. Stand here, make a good show
on 't. This shall end without the perdition of souls.
[Aside.] Marry, I'll ride your horse as well as I ride you.
[Enter Fabian and Viola.]
[Toby crosses to meet them.]
[Aside to Fabian.] I have his horse to take up the
quarrel. I have persuaded him the youth's a devil.

FABIAN [aside to Toby] He is as horribly conceited of him,
and pants and looks pale as if a bear were at his heels.

TOBY [to Viola] There's no remedy, sir; he will fight with
you for 's oath sake. Marry, he hath better bethought
him of his quarrel, and he finds that now scarce to be
worth talking of. Therefore, draw for the supportance
of his vow. He protests he will not hurt you.

VIOLA Pray God defend me! [Aside.] A little thing
would make me tell them how much I lack of a man.

FABIAN Give ground if you see him furious.
[Toby crosses to Andrew.]

TOBY Come, Sir Andrew, there's no remedy. The
gentleman will, for his honor's sake, have one bout
with you. He cannot by the duello avoid it. But he
has promised me, as he is a gentleman and a soldier,
he will not hurt you. Come on, to 't.

ANDREW [drawing his sword] Pray God he keep his oath!

VIOLA [drawing her sword]
I do assure you 'tis against my will.
[Enter Antonio.]

ANTONIO [to Andrew]
Put up your sword. If this young gentleman
Have done offense, I take the fault on me.

	If you offend him, I for him defy you.
TOBY	You, sir? Why, what are you?
ANTONIO	[drawing his sword]
	One, sir, that for his love dares yet do more
	Than you have heard him brag to you he will.
TOBY	[drawing his sword]
	Nay, if you be an undertaker, I am for you.
	[Enter Officers.]
FABIAN	O, good Sir Toby, hold! Here come the officers.
TOBY	[to Antonio] I'll be with you anon.
VIOLA	[to Andrew] Pray, sir, put your sword up, if you please.
ANDREW	Marry, will I, sir. And for that I promised
	you, I'll be as good as my word. He will bear you
	easily, and reins well.
FIRST OFFICER	This is the man. Do thy office.
SECOND OFFICER	Antonio, I arrest thee at the suit of Count Orsino.
ANTONIO	You do mistake me, sir.
FIRST OFFICER	No, sir, no jot. I know your favor well,
	Though now you have no sea-cap on your head. —
	Take him away. He knows I know him well.
ANTONIO	I must obey. [To Viola.] This comes with seeking you.
	But there's no remedy. I shall answer it.
	What will you do, now my necessity
	Makes me to ask you for my purse? It grieves me
	Much more for what I cannot do for you Than what
	befalls myself. You stand amazed, But be of comfort.
SECOND OFFICER	Come, sir, away.
ANTONIO	[to Viola] I must entreat of you some of that money.
VIOLA	What money, sir?
	For the fair kindness you have showed me here,
	And part being prompted by your present trouble,

	Out of my lean and low ability
	I'll lend you something. My having is not much.
	I'll make division of my present with you.
	Hold, there's half my coffer. [Offering him money.]
ANTONIO	Will you deny me now?
	Is 't possible that my deserts to you
	Can lack persuasion? Do not tempt my misery,
	Lest that it make me so unsound a man
	As to upbraid you with those kindnesses
	That I have done for you.
VIOLA	I know of none,
	Nor know I you by voice or any feature.
	I hate ingratitude more in a man
	Than lying, vainness, babbling drunkenness,
	Or any taint of vice whose strong corruption
	Inhabits our frail blood —
ANTONIO	O heavens themselves!
SECOND OFFICER	Come, sir, I pray you go.
ANTONIO	Let me speak a little. This youth that you see here
	I snatched one half out of the jaws of death,
	Relieved him with such sanctity of love,
	And to his image, which methought did promise
	Most venerable worth, did I devotion.
FIRST OFFICER	What's that to us? The time goes by. Away!
ANTONIO	But O, how vile an idol proves this god!
	Thou hast, Sebastian, done good feature shame.
	In nature there's no blemish but the mind;
	None can be called deformed but the unkind.
	Virtue is beauty, but the beauteous evil
	Are empty trunks o'erflourished by the devil.
FIRST OFFICER	The man grows mad. Away with him. — Come, come, sir.

ANTONIO   Lead me on.

[Antonio and Officers exit.]

VIOLA   [aside] Methinks his words do from such passion fly

That he believes himself; so do not I.

Prove true, imagination, O, prove true,

That I, dear brother, be now ta'en for you!

TOBY   Come hither, knight; come hither, Fabian. We'll

whisper o'er a couplet or two of most sage saws.

[Toby, Fabian, and Andrew move aside.]

VIOLA   [aside] He named Sebastian. I my brother know

Yet living in my glass. Even such and so

In favor was my brother, and he went

Still in this fashion, color, ornament,

For him I imitate. O, if it prove,

Tempests are kind, and salt waves fresh in love!

[She exits.]

TOBY   A very dishonest, paltry boy, and more a coward

than a hare. His dishonesty appears in leaving his

friend here in necessity and denying him; and for

his cowardship, ask Fabian.

FABIAN   A coward, a most devout coward, religious in it.

ANDREW   'Slid, I'll after him again and beat him.

TOBY   Do, cuff him soundly, but never draw thy sword.

ANDREW   An I do not —

FABIAN   Come, let's see the event.

TOBY   I dare lay any money 'twill be nothing yet.

[They exit.]

ACT 4 Scene 1

Enter Sebastian and Feste, the Fool.

FOOL   Will you make me believe that I am not sent for you?

SEBASTIAN   Go to, go to, thou art a foolish fellow. Let
me be clear of thee.

FOOL   Well held out, i' faith. No, I do not know you, nor I
am not sent to you by my lady to bid you come speak
with her, nor your name is not Master Cesario, nor
this is not my nose neither. Nothing that is so is so.

SEBASTIAN   I prithee, vent thy folly somewhere else.
Thou know'st not me.

FOOL   Vent my folly? He has heard that word of some
great man and now applies it to a Fool. Vent my
folly? I am afraid this great lubber the world will
prove a cockney. I prithee now, ungird thy strangeness
and tell me what I shall vent to my lady. Shall I
vent to her that thou art coming?

SEBASTIAN   I prithee, foolish Greek, depart from me.
There's money for thee. [Giving money.] If you
tarry longer, I shall give worse payment.

FOOL   By my troth, thou hast an open hand. These wise
men that give Fools money get themselves a good
report — after fourteen years' purchase.

[Enter Andrew, Toby, and Fabian.]

ANDREW   [to Sebastian] Now, sir, have I met you again?
There's for you. [He strikes Sebastian.]

SEBASTIAN   [returning the blow] Why, there's for thee,
and there, and there. — Are all the people mad?

194

TOBY	Hold, sir, or I'll throw your dagger o'er the house.
FOOL	[aside] This will I tell my lady straight. I would
	not be in some of your coats for twopence.
	[He exits.]
TOBY	[seizing Sebastian] Come on, sir, hold!
ANDREW	Nay, let him alone. I'll go another way to
	work with him. I'll have an action of battery against
	him, if there be any law in Illyria. Though I struck
	him first, yet it's no matter for that.
SEBASTIAN	[to Toby] Let go thy hand!
TOBY	Come, sir, I will not let you go. Come, my young
	soldier, put up your iron. You are well fleshed.
	Come on.
SEBASTIAN	I will be free from thee.
	[He pulls free and draws his sword.]
	What wouldst thou now?
	If thou dar'st tempt me further, draw thy sword.
TOBY	What, what? Nay, then, I must have an ounce or
	two of this malapert blood from you.
	[He draws his sword.]
	[Enter Olivia.]
OLIVIA	Hold, Toby! On thy life I charge thee, hold!
TOBY	Madam.
OLIVIA	Will it be ever thus? Ungracious wretch, Fit for the
	mountains and the barbarous caves, Where manners
	ne'er were preached! Out of my sight! —
	Be not offended, dear Cesario. —
	Rudesby, begone! [Toby, Andrew, and Fabian exit.]
	I prithee, gentle friend,
	Let thy fair wisdom, not thy passion, sway
	In this uncivil and unjust extent

Against thy peace. Go with me to my house,
And hear thou there how many fruitless pranks
This ruffian hath botched up, that thou thereby
Mayst smile at this. Thou shalt not choose but go.
Do not deny. Beshrew his soul for me!
He started one poor heart of mine, in thee.

SEBASTIAN [aside] What relish is in this? How runs the stream?
Or I am mad, or else this is a dream.
Let fancy still my sense in Lethe steep;
If it be thus to dream, still let me sleep!

OLIVIA Nay, come, I prithee. Would thou 'dst be ruled by me!

SEBASTIAN Madam, I will.

OLIVIA O, say so, and so be!

[They exit.]

ACT 4 Scene 2

Enter Maria and Feste, the Fool.

MARIA Nay, I prithee, put on this gown and this beard;
make him believe thou art Sir Topas the curate. Do
it quickly. I'll call Sir Toby the whilst. [She exits.]

FOOL Well, I'll put it on and I will dissemble myself in
't, and I would I were the first that ever dissembled
in such a gown. [He puts on gown and beard.] I am
not tall enough to become the function well, nor
lean enough to be thought a good student, but to be
said an honest man and a good housekeeper goes as
fairly as to say a careful man and a great scholar.

The competitors enter.

[Enter Toby and Maria.]

TOBY   Jove bless thee, Master Parson.

FOOL   Bonos dies, Sir Toby; for, as the old hermit of
Prague, that never saw pen and ink, very wittily said
to a niece of King Gorboduc "That that is, is," so I,
being Master Parson, am Master Parson; for what is
"that" but "that" and "is" but "is"?

TOBY   To him, Sir Topas.

FOOL   [disguising his voice] What ho, I say! Peace in this prison!

TOBY   The knave counterfeits well. A good knave.

[Malvolio within.]

MALVOLIO   Who calls there?

FOOL   Sir Topas the curate, who comes to visit Malvolio
the lunatic.

MALVOLIO   Sir Topas, Sir Topas, good Sir Topas, go to my lady —

FOOL   Out, hyperbolical fiend! How vexest thou this
man! Talkest thou nothing but of ladies?

TOBY   [aside] Well said, Master Parson.

MALVOLIO   Sir Topas, never was man thus wronged.
Good Sir Topas, do not think I am mad. They have
laid me here in hideous darkness —

FOOL   Fie, thou dishonest Satan! I call thee by the most
modest terms, for I am one of those gentle ones
that will use the devil himself with courtesy. Sayst
thou that house is dark?

MALVOLIO   As hell, Sir Topas.

FOOL   Why, it hath bay windows transparent as barricadoes,
and the clerestories toward the south-north
are as lustrous as ebony; and yet complainest
thou of obstruction?

MALVOLIO	I am not mad, Sir Topas. I say to you this house is dark.
FOOL	Madman, thou errest. I say there is no darkness but ignorance, in which thou art more puzzled than the Egyptians in their fog.
MALVOLIO	I say this house is as dark as ignorance, though ignorance were as dark as hell. And I say there was never man thus abused. I am no more mad than you are. Make the trial of it in any constant question.
FOOL	What is the opinion of Pythagoras concerning wildfowl?
MALVOLIO	That the soul of our grandam might haply inhabit a bird.
FOOL	What thinkst thou of his opinion?
MALVOLIO	I think nobly of the soul, and no way approve his opinion.
FOOL	Fare thee well. Remain thou still in darkness. Thou shalt hold th' opinion of Pythagoras ere I will allow of thy wits, and fear to kill a woodcock lest thou dispossess the soul of thy grandam. Fare thee well.
MALVOLIO	Sir Topas, Sir Topas!
TOBY	My most exquisite Sir Topas!
FOOL	Nay, I am for all waters.
MARIA	Thou mightst have done this without thy beard and gown. He sees thee not.
TOBY	To him in thine own voice, and bring me word how thou find'st him. I would we were well rid of this knavery. If he may be conveniently delivered, I would he were, for I am now so far in offense with my niece that I cannot pursue with any safety this sport the upshot. Come by and by to my chamber.
	[Toby and Maria exit.]
FOOL	[sings, in his own voice] Hey, Robin, jolly Robin,

	Tell me how thy lady does.
MALVOLIO	Fool!
FOOL	[sings] My lady is unkind, perdy.
MALVOLIO	Fool!
FOOL	[sings] Alas, why is she so?
MALVOLIO	Fool, I say!
FOOL	[sings] She loves another — Who calls, ha?
MALVOLIO	Good fool, as ever thou wilt deserve well at my hand, help me to a candle, and pen, ink, and paper. As I am a gentleman, I will live to be thankful to thee for 't.
FOOL	Master Malvolio?
MALVOLIO	Ay, good Fool.
FOOL	Alas, sir, how fell you besides your five wits?
MALVOLIO	Fool, there was never man so notoriously abused. I am as well in my wits, Fool, as thou art.
FOOL	But as well? Then you are mad indeed, if you be no better in your wits than a Fool.
MALVOLIO	They have here propertied me, keep me in darkness, send ministers to me — asses! — and do all they can to face me out of my wits.
FOOL	Advise you what you say. The minister is here. [In the voice of Sir Topas.] Malvolio, Malvolio, thy wits the heavens restore. Endeavor thyself to sleep and leave thy vain bibble-babble.
MALVOLIO	Sir Topas!
FOOL	[as Sir Topas] Maintain no words with him, good fellow. [As Fool.] Who, I, sir? Not I, sir! God buy you, good Sir Topas. [As Sir Topas.] Marry, amen. [As Fool.] I will, sir, I will.
MALVOLIO	Fool! Fool! Fool, I say!
FOOL	Alas, sir, be patient. What say you, sir? I am

shent for speaking to you.

MALVOLIO Good Fool, help me to some light and some paper. I
tell thee, I am as well in my wits as any man in Illyria.

FOOL Welladay that you were, sir!

MALVOLIO By this hand, I am. Good Fool, some ink,
paper, and light; and convey what I will set down to
my lady. It shall advantage thee more than ever the
bearing of letter did.

FOOL I will help you to 't. But tell me true, are you not
mad indeed, or do you but counterfeit?

MALVOLIO Believe me, I am not. I tell thee true.

FOOL Nay, I'll ne'er believe a madman till I see his
brains. I will fetch you light and paper and ink.

MALVOLIO Fool, I'll requite it in the highest degree. I
prithee, begone.

FOOL [sings] I am gone, sir, and anon, sir,
           I'll be with you again,
        In a trice, like to the old Vice,
           Your need to sustain.
      Who with dagger of lath, in his rage and his wrath,
           Cries "aha!" to the devil;
        Like a mad lad, "Pare thy nails, dad!
           Adieu, goodman devil."

                                    [He exits.]

ACT 4 Scene 3

Enter Sebastian.

SEBASTIAN   This is the air; that is the glorious sun.
This pearl she gave me, I do feel 't and see 't.
And though 'tis wonder that enwraps me thus,
Yet 'tis not madness. Where's Antonio, then?
I could not find him at the Elephant.
Yet there he was; and there I found this credit,
That he did range the town to seek me out.
His counsel now might do me golden service.
For though my soul disputes well with my sense
That this may be some error, but no madness,
Yet doth this accident and flood of fortune
So far exceed all instance, all discourse,
That I am ready to distrust mine eyes
And wrangle with my reason that persuades me
To any other trust but that I am mad —
Or else the lady's mad. Yet if 'twere so,
She could not sway her house, command her followers,
Take and give back affairs and their dispatch
With such a smooth, discreet, and stable bearing
As I perceive she does. There's something in 't
That is deceivable. But here the lady comes.

                                     [Enter Olivia, and a Priest.]

OLIVIA   [to Sebastian]
Blame not this haste of mine. If you mean well,
Now go with me and with this holy man
Into the chantry by. There, before him

And underneath that consecrated roof,

Plight me the full assurance of your faith,

That my most jealous and too doubtful soul

May live at peace. He shall conceal it

Whiles you are willing it shall come to note,

What time we will our celebration keep

According to my birth. What do you say?

SEBASTIAN   I'll follow this good man and go with you,

And, having sworn truth, ever will be true.

OLIVIA   Then lead the way, good father, and heavens so shine

That they may fairly note this act of mine.

[They exit.]

ACT 5 Scene 1

Enter Feste, the Fool and Fabian.

FABIAN   Now, as thou lov'st me, let me see his letter.

FOOL   Good Master Fabian, grant me another request.

FABIAN   Anything.

FOOL   Do not desire to see this letter.

FABIAN   This is to give a dog and in recompense desire
my dog again.

[Enter Orsino, Viola, Curio, and Lords.]

ORSINO   Belong you to the Lady Olivia, friends?

FOOL   Ay, sir, we are some of her trappings.

ORSINO   I know thee well. How dost thou, my good fellow?

FOOL   Truly, sir, the better for my foes and the worse
for my friends.

ORSINO	Just the contrary: the better for thy friends.
FOOL	No, sir, the worse.
ORSINO	How can that be?
FOOL	Marry, sir, they praise me and make an ass of me. Now my foes tell me plainly I am an ass; so that by my foes, sir, I profit in the knowledge of myself, and by my friends I am abused. So that, conclusions to be as kisses, if your four negatives make your two affirmatives, why then the worse for my friends and the better for my foes.
ORSINO	Why, this is excellent.
FOOL	By my troth, sir, no — though it please you to be one of my friends.
ORSINO	[giving a coin] Thou shalt not be the worse for me; there's gold.
FOOL	But that it would be double-dealing, sir, I would you could make it another.
ORSINO	O, you give me ill counsel.
FOOL	Put your grace in your pocket, sir, for this once, and let your flesh and blood obey it.
ORSINO	Well, I will be so much a sinner to be a double-dealer: there's another. [He gives a coin.]
FOOL	Primo, secundo, tertio is a good play, and the old saying is, the third pays for all. The triplex, sir, is a good tripping measure, or the bells of Saint Bennet, sir, may put you in mind — one, two, three.
ORSINO	You can fool no more money out of me at this throw. If you will let your lady know I am here to speak with her, and bring her along with you, it may awake my bounty further.
FOOL	Marry, sir, lullaby to your bounty till I come

again. I go, sir, but I would not have you to think
that my desire of having is the sin of covetousness.
But, as you say, sir, let your bounty take a nap. I
will awake it anon. [He exits.]

[Enter Antonio and Officers.]

VIOLA   Here comes the man, sir, that did rescue me.

ORSINO   That face of his I do remember well.

Yet when I saw it last, it was besmeared

As black as Vulcan in the smoke of war.

A baubling vessel was he captain of,

For shallow draught and bulk unprizable,

With which such scatheful grapple did he make

With the most noble bottom of our fleet

That very envy and the tongue of loss

Cried fame and honor on him. — What's the matter?

FIRST OFFICER   Orsino, this is that Antonio

That took the Phoenix and her fraught from Candy,

And this is he that did the Tiger board

When your young nephew Titus lost his leg.

Here in the streets, desperate of shame and state,

In private brabble did we apprehend him.

VIOLA   He did me kindness, sir, drew on my side,

But in conclusion put strange speech upon me.

I know not what 'twas but distraction.

ORSINO   Notable pirate, thou saltwater thief,

What foolish boldness brought thee to their mercies

Whom thou, in terms so bloody and so dear,

Hast made thine enemies?

ANTONIO   Orsino, noble sir,

Be pleased that I shake off these names you give me.

Antonio never yet was thief or pirate,

Though, I confess, on base and ground enough,

Orsino's enemy. A witchcraft drew me hither.

That most ingrateful boy there by your side

From the rude sea's enraged and foamy mouth

Did I redeem; a wrack past hope he was.

His life I gave him and did thereto add

My love, without retention or restraint,

All his in dedication. For his sake

Did I expose myself, pure for his love,

Into the danger of this adverse town;

Drew to defend him when he was beset;

Where, being apprehended, his false cunning

(Not meaning to partake with me in danger)

Taught him to face me out of his acquaintance

And grew a twenty years' removed thing While one

would wink; denied me mine own purse, Which I had

recommended to his use Not half an hour before.

VIOLA   How can this be?

ORSINO   [to Antonio]   When came he to this town?

ANTONIO   Today, my lord; and for three months before,

No int'rim, not a minute's vacancy,

Both day and night did we keep company.

[Enter Olivia and Attendants.]

ORSINO   Here comes the Countess. Now heaven walks on Earth! —

But for thee, fellow: fellow, thy words are madness.

Three months this youth hath tended upon me — But

more of that anon. [To an Officer.] Take him aside.

OLIVIA   What would my lord, but that he may not have,

Wherein Olivia may seem serviceable? —

Cesario, you do not keep promise with me.

VIOLA   Madam?

205

ORSINO	Gracious Olivia —
OLIVIA	What do you say, Cesario? — Good my lord —
VIOLA	My lord would speak; my duty hushes me.
OLIVIA	If it be aught to the old tune, my lord,
	It is as fat and fulsome to mine ear
	As howling after music.
ORSINO	Still so cruel?
OLIVIA	Still so constant, lord.
ORSINO	What, to perverseness? You, uncivil lady,
	To whose ingrate and unauspicious altars
	My soul the faithful'st off'rings have breathed out
	That e'er devotion tendered — what shall I do?
OLIVIA	Even what it please my lord that shall become him.
ORSINO	Why should I not, had I the heart to do it,
	Like to th' Egyptian thief at point of death,
	Kill what I love? — a savage jealousy
	That sometime savors nobly. But hear me this:
	Since you to nonregardance cast my faith,
	And that I partly know the instrument
	That screws me from my true place in your favor,
	Live you the marble-breasted tyrant still.
	But this your minion, whom I know you love,
	And whom, by heaven I swear, I tender dearly,
	Him will I tear out of that cruel eye
	Where he sits crowned in his master's spite. —
	Come, boy, with me. My thoughts are ripe in mischief.
	I'll sacrifice the lamb that I do love
	To spite a raven's heart within a dove.
VIOLA	And I, most jocund, apt, and willingly,
	To do you rest a thousand deaths would die.
OLIVIA	Where goes Cesario?

VIOLA	After him I love
	More than I love these eyes, more than my life,
	More by all mores than e'er I shall love wife.
	If I do feign, you witnesses above,
	Punish my life for tainting of my love.
OLIVIA	Ay me, detested! How am I beguiled!
VIOLA	Who does beguile you? Who does do you wrong?
OLIVIA	Hast thou forgot thyself? Is it so long? —
	Call forth the holy father. [An Attendant exits.]
ORSINO	[to Viola] Come, away!
OLIVIA	Whither, my lord? — Cesario, husband, stay.
ORSINO	Husband?
OLIVIA	Ay, husband. Can he that deny?
ORSINO	Her husband, sirrah?
VIOLA	No, my lord, not I.
OLIVIA	Alas, it is the baseness of thy fear
	That makes thee strangle thy propriety.
	Fear not, Cesario. Take thy fortunes up.
	Be that thou know'st thou art, and then thou art
	As great as that thou fear'st.
	[Enter Priest.]
	O, welcome, father.
	Father, I charge thee by thy reverence
	Here to unfold (though lately we intended
	To keep in darkness what occasion now
	Reveals before 'tis ripe) what thou dost know
	Hath newly passed between this youth and me.
PRIEST	A contract of eternal bond of love,
	Confirmed by mutual joinder of your hands,
	Attested by the holy close of lips,
	Strengthened by interchangement of your rings,

	And all the ceremony of this compact
	Sealed in my function, by my testimony;
	Since when, my watch hath told me, toward my grave
	I have traveled but two hours.

ORSINO   [to Viola] O thou dissembling cub! What wilt thou be

When time hath sowed a grizzle on thy case?

Or will not else thy craft so quickly grow

That thine own trip shall be thine overthrow?

Farewell, and take her, but direct thy feet

Where thou and I henceforth may never meet.

VIOLA   My lord, I do protest —

OLIVIA   O, do not swear.

Hold little faith, though thou hast too much fear.

[Enter Sir Andrew.]

ANDREW   For the love of God, a surgeon! Send one

presently to Sir Toby.

OLIVIA   What's the matter?

ANDREW   Has broke my head across, and has given Sir

Toby a bloody coxcomb too. For the love of God,

your help! I had rather than forty pound I were at home.

OLIVIA   Who has done this, Sir Andrew?

ANDREW   The Count's gentleman, one Cesario. We took

him for a coward, but he's the very devil incardinate.

ORSINO   My gentleman Cesario?

ANDREW   'Od's lifelings, here he is! — You broke my head for

nothing, and that that I did, I was set on to do 't by

Sir Toby.

VIOLA   Why do you speak to me? I never hurt you.

You drew your sword upon me without cause,

But I bespake you fair and hurt you not.

ANDREW   If a bloody coxcomb be a hurt, you have hurt

me. I think you set nothing by a bloody coxcomb.

[Enter Toby and Feste, the Fool.]

Here comes Sir Toby halting. You shall hear
more. But if he had not been in drink, he would
have tickled you othergates than he did.

ORSINO   How now, gentleman? How is 't with you?

TOBY   That's all one. Has hurt me, and there's th' end
on 't. [To Fool.] Sot, didst see Dick Surgeon, sot?

FOOL   O, he's drunk, Sir Toby, an hour agone; his eyes
were set at eight i' th' morning.

TOBY   Then he's a rogue and a passy-measures pavin. I
hate a drunken rogue.

OLIVIA   Away with him! Who hath made this havoc with them?

ANDREW   I'll help you, Sir Toby, because we'll be dressed together.

TOBY   Will you help? — an ass-head, and a coxcomb,
and a knave, a thin-faced knave, a gull?

OLIVIA   Get him to bed, and let his hurt be looked to.

[Toby, Andrew, Fool, and Fabian exit.]

[Enter Sebastian.]

SEBASTIAN   I am sorry, madam, I have hurt your kinsman,
But, had it been the brother of my blood,
I must have done no less with wit and safety.
You throw a strange regard upon me, and by that
I do perceive it hath offended you.
Pardon me, sweet one, even for the vows
We made each other but so late ago.

ORSINO   One face, one voice, one habit, and two persons!
A natural perspective, that is and is not!

SEBASTIAN   Antonio, O, my dear Antonio!
How have the hours racked and tortured me
Since I have lost thee!

ANTONIO	Sebastian are you?
SEBASTIAN	Fear'st thou that, Antonio?
ANTONIO	How have you made division of yourself?

An apple cleft in two is not more twin

Than these two creatures. Which is Sebastian?

OLIVIA Most wonderful!

SEBASTIAN [looking at Viola]

Do I stand there? I never had a brother,

Nor can there be that deity in my nature

Of here and everywhere. I had a sister

Whom the blind waves and surges have devoured.

Of charity, what kin are you to me?

What countryman? What name? What parentage?

VIOLA Of Messaline. Sebastian was my father.

Such a Sebastian was my brother too.

So went he suited to his watery tomb.

If spirits can assume both form and suit,

You come to fright us.

SEBASTIAN A spirit I am indeed,

But am in that dimension grossly clad

Which from the womb I did participate.

Were you a woman, as the rest goes even,

I should my tears let fall upon your cheek

And say "Thrice welcome, drowned Viola."

VIOLA My father had a mole upon his brow.

SEBASTIAN And so had mine.

VIOLA And died that day when Viola from her birth

Had numbered thirteen years.

SEBASTIAN O, that record is lively in my soul!

He finished indeed his mortal act

That day that made my sister thirteen years.

VIOLA	If nothing lets to make us happy both
	But this my masculine usurped attire,
	Do not embrace me till each circumstance
	Of place, time, fortune, do cohere and jump
	That I am Viola; which to confirm,
	I'll bring you to a captain in this town,
	Where lie my maiden weeds; by whose gentle help
	I was preserved to serve this noble count.
	All the occurrence of my fortune since
	Hath been between this lady and this lord.
SEBASTIAN	[to Olivia]
	So comes it, lady, you have been mistook.
	But nature to her bias drew in that.
	You would have been contracted to a maid.
	Nor are you therein, by my life, deceived:
	You are betrothed both to a maid and man.
ORSINO	[to Olivia]
	Be not amazed; right noble is his blood.
	If this be so, as yet the glass seems true,
	I shall have share in this most happy wrack. —
	Boy, thou hast said to me a thousand times
	Thou never shouldst love woman like to me.
VIOLA	And all those sayings will I overswear,
	And all those swearings keep as true in soul
	As doth that orbed continent the fire
	That severs day from night.
ORSINO	Give me thy hand,
	And let me see thee in thy woman's weeds.
VIOLA	The Captain that did bring me first on shore
	Hath my maid's garments. He, upon some action,
	Is now in durance at Malvolio's suit,

	A gentleman and follower of my lady's.
OLIVIA	He shall enlarge him.

[Enter Feste, the Fool with a letter, and Fabian.]

Fetch Malvolio hither.

And yet, alas, now I remember me,

They say, poor gentleman, he's much distract.

A most extracting frenzy of mine own

From my remembrance clearly banished his.

[To the Fool.] How does he, sirrah?

FOOL Truly, madam, he holds Beelzebub at the stave's end as well as a man in his case may do. Has here writ a letter to you. I should have given 't you today morning. But as a madman's epistles are no gospels, so it skills not much when they are delivered.

OLIVIA Open 't and read it.

FOOL Look then to be well edified, when the Fool delivers the madman. [He reads.] By the Lord, madam —

OLIVIA How now, art thou mad?

FOOL No, madam, I do but read madness. An your Ladyship will have it as it ought to be, you must allow vox.

OLIVIA Prithee, read i' thy right wits.

FOOL So I do, madonna. But to read his right wits is to read thus. Therefore, perpend, my princess, and give ear.

OLIVIA [giving letter to Fabian] Read it you, sirrah.

FABIAN [(reads)] By the Lord, madam, you wrong me, and the world shall know it. Though you have put me into darkness and given your drunken cousin rule over me, yet have I the benefit of my senses as well as your Ladyship. I have your own letter that induced me to the semblance I put on, with the which I doubt not but to do myself much right or you much shame. Think of

me as you please. I leave my duty a little unthought of
and speak out of my injury.

The madly used Malvolio.

OLIVIA   Did he write this?

FOOL   Ay, madam.

ORSINO   This savors not much of distraction.

OLIVIA   See him delivered, Fabian. Bring him hither.

[Fabian exits.]

[To Orsino.]

My lord, so please you, these things further thought on,

To think me as well a sister as a wife,

One day shall crown th' alliance on 't, so please you,

Here at my house, and at my proper cost.

ORSINO   Madam, I am most apt t' embrace your offer.

[To Viola.] Your master quits you; and for your
service done him,

So much against the mettle of your sex,

So far beneath your soft and tender breeding,

And since you called me "master" for so long,

Here is my hand. You shall from this time be

Your master's mistress.

OLIVIA   [to Viola] A sister! You are she.

[Enter Malvolio and Fabian.]

ORSINO   Is this the madman?

OLIVIA   Ay, my lord, this same. —

How now, Malvolio?

MALVOLIO   Madam, you have done me wrong,

Notorious wrong.

OLIVIA   Have I, Malvolio? No.

MALVOLIO   [handing her a paper]

Lady, you have. Pray you peruse that letter.

213

You must not now deny it is your hand.
Write from it if you can, in hand or phrase,
Or say 'tis not your seal, not your invention.
You can say none of this. Well, grant it then,
And tell me, in the modesty of honor,
Why you have given me such clear lights of favor?
Bade me come smiling and cross-gartered to you,
To put on yellow stockings, and to frown
Upon Sir Toby and the lighter people?
And, acting this in an obedient hope,
Why have you suffered me to be imprisoned,
Kept in a dark house, visited by the priest,
And made the most notorious geck and gull
That e'er invention played on? Tell me why.

OLIVIA   Alas, Malvolio, this is not my writing,
Though I confess much like the character.
But out of question, 'tis Maria's hand.
And now I do bethink me, it was she
First told me thou wast mad; then cam'st in smiling,
And in such forms which here were presupposed
Upon thee in the letter. Prithee, be content.
This practice hath most shrewdly passed upon thee.
But when we know the grounds and authors of it,
Thou shalt be both the plaintiff and the judge
Of thine own cause.

FABIAN   Good madam, hear me speak,
And let no quarrel nor no brawl to come
Taint the condition of this present hour,
Which I have wondered at. In hope it shall not,
Most freely I confess, myself and Toby
Set this device against Malvolio here,

Upon some stubborn and uncourteous parts
We had conceived against him. Maria writ
The letter at Sir Toby's great importance,
In recompense whereof he hath married her.
How with a sportful malice it was followed
May rather pluck on laughter than revenge,
If that the injuries be justly weighed
That have on both sides passed.

OLIVIA   [to Malvolio]
Alas, poor fool, how have they baffled thee!

FOOL   Why, "some are born great, some achieve greatness,
and some have greatness thrown upon them." I was
one, sir, in this interlude, one Sir Topas, sir, but that's
all one. "By the Lord, Fool, I am not mad" — but,
do you remember "Madam, why laugh you at such a
barren rascal; an you smile not, he's gagged"? And
thus the whirligig of time brings in his revenges.

MALVOLIO   I'll be revenged on the whole pack of you! [He exits.]

OLIVIA   He hath been most notoriously abused.

ORSINO   Pursue him and entreat him to a peace. [Some exit.]
He hath not told us of the Captain yet.
When that is known, and golden time convents,
A solemn combination shall be made
Of our dear souls. — Meantime, sweet sister,
We will not part from hence. — Cesario, come,
For so you shall be while you are a man.
But when in other habits you are seen,
Orsino's mistress, and his fancy's queen.
                          [All but the Fool exit.]

FOOL   [sings]
When that I was and a little tiny boy,

With hey, ho, the wind and the rain,
A foolish thing was but a toy,
   For the rain it raineth every day.
But when I came to man's estate,
   With hey, ho, the wind and the rain,
'Gainst knaves and thieves men shut their gate,
   For the rain it raineth every day.
But when I came, alas, to wive,
   With hey, ho, the wind and the rain,
By swaggering could I never thrive,
   For the rain it raineth every day.
But when I came unto my beds,
   With hey, ho, the wind and the rain,
With tosspots still had drunken heads,
   For the rain it raineth every day.
A great while ago the world begun,
   With hey, ho, the wind and the rain,
But that's all one, our play is done,
   And we'll strive to please you every day.

                           [He exits.]

십이야

1판 1쇄 펴냄	2023년 5월 12일
1판 2쇄 펴냄	2024년 12월 17일

지은이	윌리엄 셰익스피어
옮긴이	최종철
발행인	박근섭 · 박상준

펴낸곳	(주)민음사
출판등록	1966. 5. 19. 제16-490호
주소	서울시 강남구 도산대로1길 62(신사동)
	강남출판문화센터 5층 (우편번호 06027)
대표전화	02-515-2000
팩시밀리	02-515-2007
홈페이지	www.minumsa.com

ⓒ 최종철, 2023. Printed in Seoul, Korea

978-89-374-2778-7 04840

978-89-374-2774-9 (세트)